魔法师：纳博科夫与幸福
The Enchanter
Nabokov and Happiness

［法］莉拉·阿扎姆·赞加内◎著　宋 易◎译

四川文艺出版社

图书在版编目（CIP）数据

魔法师：纳博科夫与幸福 / (法) 莉拉·阿扎姆·赞加内著；宋易译. — 成都：四川文艺出版社，2016.10
ISBN 978-7-5411-4455-4

Ⅰ.①魔… Ⅱ.①莉…②宋… Ⅲ.①长篇小说–法国–现代 Ⅳ.①I565.45

中国版本图书馆CIP数据核字（2016）第240063号

THE ENCHANTER: NABOKOV AND HAPPINESS
by LILA AZAM ZANGANEH
Copyright: © 2011 by LILA AZAM ZANGANEH
This edition arranged with THE MARSH AGENCY LTD
through BIG APPLE AGENCY, INC., LABUAN, MALAYSIA.
Simplified Chinese edition copyright:
2016 © The Shang Shu Culture Media Co.,Ltd
All rights reserved.
著作权合同登记号　图进字：21-2016-267

MOFASHI NABOKEFU YU XINGFU
魔法师：纳博科夫与幸福
［法］莉拉·阿扎姆·赞加内 著　宋易 译

特约策划	夏小晴
责任编辑	彭炜　周轶
封面设计	贾渝倩
内文设计	黄茜
责任印制	唐茵

出版发行	四川文艺出版社（成都市槐树街2号）
网　　址	www.scwys.com
电　　话	028-86259285（发行部）　028-86259303（编辑部）
传　　真	028-86259306

邮购地址	成都市槐树街2号四川文艺出版社邮购部　610031
印　　刷	四川华龙印务有限公司
成品尺寸	147mm×210mm　1/32
印　　张	6.25　　　字　数　130千
版　　次	2016年11月第一版　印　次　2016年11月第一次印刷
书　　号	ISBN 978-7-5411-4455-4
定　　价	32.00元

版权所有·侵权必究。如有质量问题，请联系更换：028-86259301

关于本书

在弗拉基米尔·纳博科夫的小说《天赋》中,主人公曾打趣地说要写一本《实用手册:怎样才能幸福》。如今,纳博科夫的忠实读者,充满想象力的莉拉·阿扎姆·赞加内,将与你分享她阅读纳博科夫时所体会到的种种幸福。这本书的字里行间仿佛有魔咒,将融于纳博科夫作品中的她的生命又融于你的视野里。

一头坠入《说吧,记忆》《阿达》以及声名狼藉的《洛丽塔》的魔法世界里,阿扎姆·赞加内为我们引爆了纳博科夫——这位"书写幸福的伟大作家"——的极致幸福。她带领我们穿越纳博科夫式的时间、记忆、激情、自然、得失,以及全部形式的爱和遣词构句的隐射,体验这万花筒里的旅途。她探索着纳博科夫的领地——从童年的俄罗斯一直到专属于"他"的美国风景——再偶然邂逅他情有独钟的"自然"——然后与这位大师专注于同一场幻境,静心聆听"幸福的咯吱声"。

沿着这个著名捕蝶人的足迹,阿扎姆·赞加内窥见了纳博科夫作品中的天机,因而成就了这本精致的图书,它足以重拾纳博科夫式教徒般的激情,并让读者坠入从未窥见之秘境。

关于作者

莉娜·阿扎姆·赞加内是一名成长于巴黎的作家,其父母为伊朗的流亡人士。在巴黎高等师范学校(École Normale Supérieure)修完文学和哲学之后,她前往美国,在哈佛大学教授文学、电影和罗曼语。

2002年,她开始在欧美各大刊物——其中包括《纽约时报》《巴黎评论》《世界报》《共和报》——发表散文、随笔、访谈录等文学作品。2011年春天,她的处女作《魔法师:纳博科夫与幸福》(The Enchanter: Nabokov and Happiness)在美国、英国、法国、荷兰以及意大利发行,并于2012年在西班牙、巴西上市。她是2011年罗杰·沙特克评论奖(Roger Shattuck Prize for Criticism)的得主,并于同年获得由小说中心(Center for Fiction)颁发的奖项。

写作之外,阿扎姆·赞加内在国际救援委员会(International Rescue Committee)的监察委员会,以及语言无国界组织(Words

Without Borders）的顾问委员会任职。截至 2011 年末，她还任职于午餐盒基金（The Lunchbox Fund）的顾问委员会，这个非营利性组织为南非索韦托（Soweto）乡镇学校的孩子提供每日伙食。

赞加内现居住并工作于纽约。除了蜚声文坛的《魔法师：纳博科夫与幸福》，她还编著有《我的姐妹，守住你的面纱，我的兄弟，守住你的双眼：未被和谐的伊朗之音》（*My Sister, Guard Your Veil, My Brother, Guard Your Eyes: Uncensored Iranian Voices*），目前正着手创作一部新的长篇小说《奥兰多的狂想》（*The Orlando Inventions*）。

对本书的赞美

这部书清晰而痛快地记录了一位伟大作家的艺术成就,字里行间不乏俏皮之语,读之令人心旷神怡。

——奥尔罕·帕慕克,诺贝尔文学奖得主

"写出来的幸福是苍白的,它不会浮现于纸页之上。"亨利·德·蒙泰朗有此一说。这话听上去不错,但不一定是真理。正如莉拉·阿扎姆·赞加内用她那轻描淡写般的巧妙语句所展示的那样,纳博科夫的作品就是有力的反证。她的这部作品也是对纳博科夫的艺术所带来的快乐的绝佳回赠。就像纳博科夫最钟爱的蝴蝶正蹁跹起舞一样,这本书编织的罗网也成功地捕获了这位捉蝴蝶的人。

——萨尔曼·拉什迪,布克奖得主

纳博科夫曾声称，唯有"独创性"能体现出写作者的真诚。莉拉·阿扎姆·赞加内的《魔法师：纳博科夫与幸福》有如神助，正是这样一部天才般独创的迷人作品，才会在读者心中埋下快乐的种子。它来得如此恰若其时，提醒我们为何阅读，为何写作，为何要在此时此刻，空前迫切地想要透过纳博科夫魔法般的"想象之天眼"来与这世界交流。

——阿扎尔·纳菲西，《在德黑兰读〈洛丽塔〉》作者

用厄普代克的话说，这本书的主角纳博科夫是快乐的，因为他的写作"超然尘外"。天才作者阿扎姆·赞加内以一种优雅而又平易近人的独特风格把他描绘得栩栩如生，而未曾对她所热爱者的文风有过丝毫的效仿。

——德米特里·纳博科夫，纳博科夫的儿子及继承人

献给三位开启我人生故事的女人——

佐拉·诺斯拉蒂

我的祖母,她从未停止过探寻

尼诺·戈德斯·阿扎姆·赞加内

我的母亲,她编织出了梦想

尼科尔·阿拉吉

她为我披上了她的色彩

题 词

我相信尚存活、尚流转之诗文的美丽承诺,我的脸上被泪水沾湿,我的心里有幸福迸发,我知道这幸福是普天之下最伟大的存在。

——弗拉基米尔·纳博科夫,《麻木的烟》

你可以跟随图示前行,也不妨另辟蹊径。

*封面和插画由藤津·尼基·恩柯西创作。

目 录

引 言 /001

为什么要读书？为什么要读这一本书？

序 /011

第一章 /013

梦想家的奢侈幸福

（作者尚未完书就与世长辞，读者在他走后开始了探寻）

第二章 /025

记忆亮点中的幸福

（作者带走了时间，读者拿出了镜子）

第三章 /035

幸福，至少是幸福的一部分

（作者深感迷恋之处，读者成了某种意义上的侦探）

魔法师：纳博科夫与幸福

第四章 /047

一阵幸福

（作者谈起世上的唯一实相，读者变得开朗而健谈）

第五章 /051

六名疯狂帽商的幸福总结

（作者与他人爱得痴狂，读者入睡了）

第六章 /071

穿越透明深渊的幸福

（作者失去一切，读者突然离题）

第七章 /085

幸福，逆时针

（作者虚构了一个天堂，读者切实地跳了进去）

第八章 /091

书写幸福：一本实用手册

（作者入神地涂鸦，读者隐秘地窥探）

第九章 /105

幸福的各种细节

(作者展示宏伟著作,读者炫耀精彩评论)

第十章 /113

亚利桑那的四月天

(作者发觉了如梦般明亮的美国,读者被授予了独家专访的特权)

第十一章 /127

天然和非天然的幸福

(作者沉湎于自然的魔力,读者决心伴他而去)

第十二章 /139

读者的幸福历险记

(作者撤离前线,读者奋然上阵)

第十三章 /147

幸福的咯吱声

(作者写下才华横溢的文字,读者一口气把它们全部吞下)

第十四章 /159

镜中的幸福

(作者登高远眺,读者悄然一瞥)

第十五章 /169

幸福的微粒

(作者发现千层光影,读者与他再次邂逅)

引用来源 /173

鸣谢 /175

附录 /177

我总想逼自己去做一些让自己束手无策的事情

威廉·思奇德尔斯基

引 言
为什么要读书？为什么要读这一本书？

对于阅读和书籍，我总是感到恐惧。但我仍要讲述这样一个故事，它关乎那些改变我命运的书籍。它们让我置身于完全虚构的奇遇之中——至少刚开始的时候是这样。它们并不会带你游历隐秘的亚马孙部落，也不要求你拜访偏远的俄国居民，你懒惰的双脚不用四处走动，你挑剔的舌尖也不必亲自品尝。

当时我身处一座北美东海岸的城市。傍晚时分，斜靠在一张软软的沙发上，头上挂着一个钟形的壁灯。早春的天气阴冷多云，屋外漆黑的夜色很快就会进入客厅。我正欲细读一篇选好的文章，而就在此刻，我面临了阅读者的最初问题——无可抵御的睡意。在睡与读之间，我徘徊挣扎了好久，最终还是选择了放弃。

小睡之后，我睁大双眼，试着让自己清醒过来。在伸了个足够慵懒的懒腰之后，我起身拿了个橘子，在屋里随意地转悠着。我故作思考，回想着开篇那几句出彩的文字，然后极不情愿地回到了沙发。不过这一次，我觉得还是坐直了比较好。然而，恐惧再次袭来：那些扁平的字母正以可怕的顺序排列在页码上。就在几个小时之前，我还专门查阅了一下，结果毫不含糊，共有589页。这足以令人感到恐惧。我的头脑中忽然冒出了霍布斯[1]的一句话——一般情况下，我不爱引用他的话——他说：如果我读过的书和其他人一样多，那么我就和其他人一样无知。唉，霍布斯那简明扼要的话语再次让我心安理得。

现在的我歪歪地捧着《阿达，或激情的快乐：家庭纪事》[2]，试着去探索第一页上的怪异词句。那些莫名其妙的字母终于构成了词汇，于我眼中也渐渐闪现出了灵光，但紧接着却出现了第二个障碍——可恶的语段结构。"多莉，独生子，生于布拉，1840年出嫁。15岁的她多情而又叛逆。伊凡·杜曼诺夫将军，育空堡的指挥官，温文尔雅的乡村绅士，坐拥塞文河地区的一片土地。这片保护区至今都流传着俄罗斯的Estoty[3]。如同花岗岩般有机组合，这儿不仅充斥着俄罗斯的名词术语，还糅合了法兰西的Estoty。享受着我们星条旗下田园美景的可不只是法国佬，还有马其顿和巴伐利亚的移民。"我的上帝。这简直就是可怕的文字

---

1. 托马斯·霍布斯（Thomas Hobbes，1588—1679），英国政治家、哲学家。他有一句名言，对后世的影响非常大："正义的性质在于遵守有效的信约。"——本书所有注释都由译者添加，此后皆同，不再另加注。
2. 《阿达，或激情的快乐：家庭纪事》（*Ada, or Ardor: A Family*），纳博科夫创作的一部英文小说。通过对前人文本的戏拟模仿，纳博科夫与这些文本的作者进行对话，并始终站在反方的立场上，对传统的道德观念和思想进行颠覆，从而确立一种新的话语。互文性是这部小说的写作特点。它既是纳博科夫自认为写得最好的小说，也是评论家和读者最难解读的作品之一，被称为文学母题的百科全书。又，根据行文需要，纳博科夫有时又以英文读音将其直接称为《阿达，阿尔达》。
3. Estoty，俄语 История（历史、故事）的读音。

迷宫。我"啪"的一声合上书本。但没过多久,出于理性上的羞愧,我再次将它打开。

在之后的页码上,四处可见冲我挥手的纷繁语句:一片古老的松林;一朵被烈日灼伤的羽蝶兰,它在正午的骄阳中怒放;而在夏日的清晨,细雨过后,它的叶瓣上仍露珠闪耀。我继续翻阅,认真品读,仔细琢磨这些文字后隐含的东西是否正指向那尚未展开的故事,而目前的它们仿若一个怪诞的旋涡。我保持头脑的清醒,往下读去。一则关于文学的评论是这么说的:只有读到那神奇的第 100 页,才能真正迈入一部小说的世界。于是,我一页一页认真地看着,不放过每一个单词——近乎急切地想要理解它的一切(这是一种富有弹性的强迫症)。对此我不得不确切地说——当然,你也许已经产生了疑问——我绝不是,事实上也绝不会成为一名贪婪的阅读者。是这一句接一句的言语让我惊慌失措,让我深缚其中,我发现自己不得不把一段话读上许多遍,思索良久才能进入下一页。

诚然,就心理健康的层面而言,阅读这样的句子相当于执行一项万分辛苦却毫无意义的任务。那又何苦如此劳心呢?要说有贪婪的阅读者的话,爱默生[1]算是其中一个,但他可能也会认为如此吹毛求疵的读者是个蠢蛋。"我们对书本过于客气,"他曾对他的一位学生说,"我们捧着几行闪光的句子仔细思量,实际上相当于读了四五百页的量。"那么,为什么不能苛责这位作家,

---

1. 拉尔夫·沃尔多·爱默生(Ralph Waldo Emerson,1803—1882),美国思想家、文学家、诗人。爱默生是确立美国文化精神的代表人物,享有"美国文明之父"的美誉。代表作为《论文集》(*Essays*)。

这位写下《洛丽塔》[1]《说吧，记忆》[2]和《阿达》的弗拉基米尔·纳博科夫呢？为什么我会在书海之中拾起这几本呢？那些没有读完的篇章，和那些最终击败我们的繁杂词句带来了数不清的恐惧，为什么我们偏要让自己面对这些恐惧呢？难道仅仅是因为我们在分秒必争地阅读吗？

在我看来，答案向来是清楚的，阅读是为了重新着迷于世界。当然，即便是对于相对灵活的读者来说，这也需要付出代价。就像在陌生的领域里艰难跋涉，探索奥秘；在错综复杂的句式结构里，在令人惊悚的黑暗里，在野生的动植物群中开辟出一条道路。如果带着顽强的好奇心和征服精神前去探索，那么壮丽的景观就会不时浮现在你的眼前，如同夕阳下的大地，如同多姿的海洋生物。

要开始这趟旅途，我们必须用精神去感应，哪些书是我们真正渴望或需要的——就我而言，叫它直觉固然很好，叫它命运的安排也不错（关乎家族遭遇，下文我会讲到）。但我期待的是能在纳博科夫的书里找到法师和魔鬼，不可思议的法术，童话中的奇遇，"生着半透明爪子，猛烈拍打翅膀的高贵而光鲜的生物"。事实上，想要的内容还有别的方面，大都千篇一律，比如一些坠

---

1. 《洛丽塔》，纳博科夫的成名小说，也是其代表作，全名《洛丽塔，一位白人鳏夫的忏悔录》（*Lolita, or the Confession of a White Widowed Male*），中文版本也有译为《洛莉塔》《洛丽泰》《罗莉泰》的。小说叙述一个中年男子与一个未成年少女的恋爱故事，绝大部分篇幅是死囚亨伯特的自白。因其内容涉及恋童、乱伦，小说最初未获准在美国发行。1955年，巴黎奥林匹亚出版社首次出版。直至1958年，小说才终于在美国问世。
2. 《说吧，记忆》，纳博科夫的个人回忆录，时间跨越三十七个年头（从1903年8月到1940年5月），由一组相互间有系统联系的文章组成，语言坦率而清澈，有着解剖学一般的犀利与精确。

入爱河的故事,这是人的本性中挥之不去的另一面。

面对一门新的语言,尤其是那些迂回曲折,近乎被再次创造过的语言,不得不当心隐匿其间的陷阱。目睹一道弧形射线的你总会在它最缓慢的时刻沉醉于它的璀璨和优雅。就像参悟了神性的秘密,在字里行间让这不可见的东西呈现出可见的模样,让一道潺潺的声音和哪怕最琐碎低下之物交相辉映。一丝细语伴你浪迹一生,讲述着存在的意义。

抓住这一点,我们就有可能成为纳博科夫所说的"创造性读者",也就是说,就有可能成为一名深入世界最细微之地的梦想家。作为这样的梦想家,我们"猝死于生命故事的最高点,进而希望和永恒的爱丽丝[1]漫游在五彩的仙境,"纳博科夫写道,"这些精神的旁白,这些生命卷帙里的脚注,都是意识的最高形式"。这位小说家就是现实世界里永恒的爱丽丝。他的灵感、他的一阵狂喜和重温,都在一个单一的瞬间里感知到了过去、现在和未来,进而浮现出纯净的时光轮回,并以此来吹散光阴。作为读者,我们可能会触碰到同样的奇迹。它违背那些黯淡的常识,它面朝那折磨人的线性时间暗自微笑。以孩子般的度量去思考琐事,去忽略沉重,去享受那些"不理智,无逻辑,莫名其妙"的美的元素。

由此,我们会试着以一种细致到疯狂的程度去打量一部小说,然后在层层镜像之中,全力探索那美妙而开放的文字世界。因为,

---

1. 爱丽丝(Alice),西方最受欢迎和最广为人知的女孩名之一。这个名字最早出现在英文和意大利文中,是从古老的法文 Adelais 缩写而来的,而 Adelais 又是源自德语 Adalheidis。其中,"adal"有"高贵、典型、榜样"之意。自英国作家路易斯·卡罗尔(Lewis Carroll)1865 年出版《爱丽丝梦游仙境》(*Alice's Adventures in Wonderland*,又译作《爱丽丝漫游奇境》)后,这个名字就开始广为流行;也是花名、各种读物和众多电影、小说、动漫、游戏中的女主人公名。

一个迷失的镜像就是一座迷失的乐园。当我们手捧小说,页页翻阅之时,兴许会窥见潜藏于它的阴暗,而那正是一处幽谷,栽种着我们每一个人的梦想;它已超然于故事之外,因为它专属于我们自己。顷刻之间——且仅在此刻——那萦绕于我们身边的新生事物将自身的色彩及图案与真实合而为一,抛弃了那"爪子似的引号"。想象力的壮举成就了人性的冒险。

我就是在这里发现了幸福的真谛。文学——尤其是纳博科夫的文学——超越了纸卷,成为对幸福的体验。凭借自己的语言天赋和对三种语言的精通,纳博科夫让文学栩栩如生,这胜过了我曾读过的任何一位作家。

当然,对纳博科夫这样的与道德和性错乱频繁联系的作家而言,庆祝幸福也许是一件令人不安的事。可我仍相信他是一位幸福而伟大的作家。至于幸福,我并不认同它仅是俗世的安逸和满足。纳博科夫的幸福是以一种奇异的方式去观察,去感慨,去捕捉,换句话说,就是网罗那些笼罩着我们的细微元素。这要归于他自己对于艺术的定义,即好奇和狂喜,它在振奋人心的任务中鞭策着我们的感知。纳博科夫让我们知道,即便身陷黑暗和死亡,万物都能闪烁着美好。尽管它们的内心不是悠然地敞开,但透过用最高雅的语言和知识构成的棱镜,它们得以重新捕捉光明。在最高的层面上,这种知识包含了"最完美的幸福"。正因有了它,那些习以为常的东西,那些屡见不鲜的东西竟成了我们眼中特殊的惊喜,通过高超的灵巧和惊人的智慧,我们将其化入自己的构思。幸运的是,在纳博科夫式的风景里,这清澈的泉水只有在显微镜下才得以窥见,它的每一瞬间都吸引着我们的目光。

也许我该说,一位幸福而伟大的作家不一定得写一些老生常谈的幸福人之幸福事。从《洛丽塔》和《阿达》，我体会到了深深的幸福。它们来自故事的每一处，关于一种边缘的、限制级的经历，而这种关联反过来又成就了一段极端的诗歌。这诗歌是极大的幸福，或是纳博科夫的母语俄语的读音：Blazhenstvo[1]。尽管这幸福总是伴着纳博科夫，可它并不是通常意义的狂喜。矛盾的是，这极大的幸福并不是说就避开了自私和残忍。在纳博科夫的笔下，狂喜隐藏在有着狂热欲望的原始故事里，这种欲望使人几近愚蠢，不顾后果。有的时候，这种极大的幸福甚至是"超乎幸福的"，到达了一种超凡脱俗的沉醉境界。在这样的境界里，词句涌现出了一种新的感知。一门语言，将有着惊人艺术效果的热情元素重新组合，掩饰了我们印象中语言的局限。

在我最初构思这本书的时候，我还以为我要写下的是一些关于幸福的琐事。作为读者，我感到自己会勤于搜索、思考和创作。然而，当笔尖触及纸页之时，一个纳博科夫世界里的微小细节，像有了魔法般的拉力，唤醒了我体内某个或真实或虚幻的生活碎片。那些我之前从未触及，或很少注意到的东西，一下子浮现了出来。

我努力地抠住那些词，和它们周旋，让它们的旋律和我头脑中的意象相映生辉。在我这么做的同时，一些东西闪过我叙述者的"眼"。现实中的"我"，那个此时正在俯首写作的人，慢慢地融入一个想象中的"我"，透过纳博科夫的视角来看待并改造事物。字词、结构和叙述内容的统一被蜿蜒而行的新思路取代，让一个狂喜作家的真实故事和一个疯狂读者的镜中幻想熔炼在了

1.Blazhenstvo，俄语 Блаженство（极乐）的读音。

一起。纳博科夫记忆的光芒召唤着新鲜的色彩,他故事的片段激发着全新的故事,他的词句荡漾出阵阵波澜。不停出现在我脑海中的,是一则纳博科夫在柏林发表的短篇小说,在那篇小说中,一名年轻的俄国诗人虽然有意要写一些简单的青春诗歌,可他仍无心地体验到了绝对的快乐,哪怕这只是创作中最微妙的一瞥。

  《魔法师》记录了一场冒险。每一章——如同前面地图所示的那样——都是一种对幸福的看法。书中描绘了15场爱丽丝式的冒险——它们最终殊途同归——每一次都宛如望向一盏明镜。

生命啊,我,弗拉基米尔·纳博科夫,向你致敬!
(瑞士,维德马纳特,1971年8月,©德米特里·纳博科夫)

序

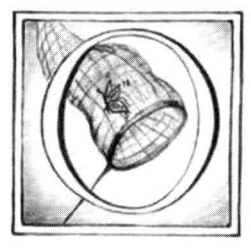

1971年8月,一个钴蓝色的早晨,弗拉基米尔·纳博科夫外出捕捉蝴蝶。在爬完那座瑞士山脉之后,他的皮肤晒成了棕褐色,神态却很安详。手持蝶网的他向儿子德米特里说,他已实现了所有的梦想,成为一个无比快乐的人。我不禁有了这样的想象——正是在这座山峰上,纳博科夫如他笔下的凡·费恩那样,向全世界大声宣布:生命啊,我,弗拉基米尔·纳博科夫,向你致敬!

在纳博科夫72岁的时候,德米特里抓拍到了一张他父亲的照片。当时,纳博科夫站在高出海平面700英尺的维德马纳特的顶峰,微弓着背眺望远方。他戴了一顶白色的帽子,穿着米色的外套、深色的百慕大短裤[1]和旅行靴,厚厚的白袜子包裹着脚踝。

---

1. 一种裤长至膝上两三厘米处的短裤,因起源于百慕大而得名。

他的手里拿着一个小小的创可贴盒子,几十年间他都是用它来装蝴蝶。他伫立在那儿,缕缕阳光拍打着他的前额和鼻子的左侧。他注视着海平面,也许是在观察发生于路蒙特邻镇上的琐事。他的身后,是一片草甸和松林。

这天,我在那儿看见了他。仿若他的俄国笔名"西林(Sirin)[1]",一种罕见的天堂鸟,他以极其优美的姿势,歇身于专属于他自己的纯净而隐秘的苍穹。

1.Sirin,俄语сирин的读音,俄罗斯传说中的一种奇丽的雄鸡,有着猫头鹰的身体、女人的脸和胸脯,与希腊神话中的塞壬(siren)很相似,因而被称为天堂鸟,又叫火鸟。据说,纳博科夫能从字母中看见五颜六色,比如SIRIN中的S是一种明亮的蓝,I是金色,R是黑色,N是黄色。神秘的变形,澄明的色彩,是这个名字的含义,也是纳博科夫艺术上的追求。

第一章
梦想家的奢侈幸福

(作者尚未完书就与世长辞,读者在他走后开始了探寻)

没有一束月光不给我梦境……

1977 年 7 月 2 日，纳博科夫与世长辞。那时的我只有十个月大。我们之间相隔大约 400 英里。总而言之，我们拥有一个不幸的开始。至于我无足挂齿的存在，是他再也意识不到的事。

就在我出生之前四个月，纳博科夫已预料到那一刻的来临。他刚满 77 岁。确切地说是在 1976 年 4 月 24 日，他在日记里这样写道："凌晨 1 点钟，我从一场可怕的假寐中醒来，它让我想到诸如'大限将至'之类的事情。我试着叫出声来，希望唤醒隔壁房间的薇拉。最后，我还是放弃了这种努力（因为我自觉还挺好）。"

他向来难以入眠。多年以来，哪怕最有效的药丸也无法让他安然入睡。他醒着度过了晚上大部分的时间，因盘旋在黑夜中的空想而感到痛苦。随着药量增加，纳博科夫甚至产生了诡异的幻觉。但最为糟糕的，是陪他度过每个夜晚的、让人惶恐不安的时钟的嘀嗒声。

前一年夏天，1975年7月，临近午时。纳博科夫从150英尺的陡峭斜坡上摔了下来，蝶网挂在冷杉树的树枝上，蝴蝶飞上了高山的斜坡。他小心翼翼，想要拿回这张网，却又一次跌倒，以致无法起身。这竟让他爆发出一场开怀大笑（纳博科夫过去经常出现这种可笑的情况）。他的笑声是如此热情奔放，缆车上的游客还以为躺倒在地的他正惬意地晒着太阳。直到缆车售票员再次看向纳博科夫时，才意识到可能是出了问题，于是叫人送来一副担架，那已经距他摔在地上两个半小时了。尽管伤势不重，但那张蝶网却像"奥维德[1]的七弦琴（Ovid's lyre）"那样，永远地挂在树枝上了（后来，他将此事一语带过）。这之后，一种无形的断裂正在他体内悄悄蔓延。终于，纳博科夫感受到了时间的压力。他写下了一句话："这可怕的冲击。"

那年秋天，前列腺内的一颗肿瘤迫使他进行一场全麻手术，这对一个需要清醒意识的作家而言，无异于一场嘲弄人性的实验——用乙醚麻醉感官，这耻辱有如排练一场死亡。之后，他的失眠症成了慢性疾病，对此他非常焦虑。由于无法忍受恢复期的不稳定状态，他对医生的劝告置若罔闻，再次拿起笔于未完成的小说《劳拉的原型：死是件有趣的事》[2]。大约是在一年前，纳博科夫感受到了第一次微妙的悸动："灵感；容光焕发的失眠；高

---

1. 奥维德（公元前43年—公元18年），古罗马诗人，代表作有《爱的艺术》（*Ars Amatoria*）、《变形记》（*Metamorphoseon*）、《哀歌》（*Elegie*）。
2. 《劳拉的原型：死是件有趣的事》（*The Original of Laura: Dying Is Fun*），纳博科夫未完成的一部小说。他在去世前害怕这部作品不够完美而要求妻子销毁，薇拉（当然，还有德米特里）则把这部未完成的手稿存进了瑞士银行。2009年11月17日，此书出版。

山斜坡的滋味和其上的积雪。一本无我也无他的小说,却自始至终地流转于叙述者环顾的眼中。"

到了1976年4月,在蒙特勒皇宫酒店,为了庆祝他77岁的生日,妻子薇拉和纳博科夫愉快地举起了酒杯。每一个下午,纳博科夫都要填写多达5到6张的索引卡,而后等待他的就是无数棘手的问题。同年的晚些时候,他撞到了头,走路开始吃力,同时还要忍受剧烈的背痛。他似乎被一种神秘的传染病所折磨,不得不遍访瑞士的诊所和医院。为了消磨时间,他把医院里的大部分时间都用在了阅读上:一本刚出版的名为《北美蝴蝶》(*Butterflies of North America*)的捕蝶手册,和一本但丁[1]的《地狱》[2]。但在大部分的时间里,他都在读这本小说——即未完成的《劳拉的原型》——给自己听。在他眼里,它如彩色玻璃般清晰易懂。几乎在每个清晨,他都会以一种近乎入迷的状态阅读并完善这本书。和他的其他小说一样,在最终完成之前,他都会把它想象成是他的最后一本小说。一个人在病房里的时候,他甚至还会将其朗诵给"一群站在花园栅栏里的听众"。"我的听众有孔雀、鸽子、去世已久的父母、两棵柏树、几个蹲在周围的年轻护士和一名老得可以忽略其存在的家庭医生"。

---

1. 但丁,意大利中世纪诗人。代表作《神曲》(*Commedia*,*Divine Comedy*)。
2. 《地狱》,《神曲》的第一部分。《神曲》是一部充满隐喻性、象征性,同时又洋溢着鲜明的现实性、倾向性的作品,在这部长达14000余行的史诗中,作者采用了中世纪特有的幻游文学的形式,通过与地狱、炼狱及天国中各种著名人物的对话,反映出意大利从中世纪向近代过渡时的现实生活和各个领域发生的社会、政治变革,隐约绽放出文艺复兴时期人文主义思想的曙光,对后世诗歌创作有极其深远的影响。

7月下旬,纳博科夫仍钟情于生命的旷野,但他知道这是20年来唯一一个不能捕捉蝴蝶的夏天。等到9月底回到酒店套房的时候,他已经极度虚弱了。他向妻子表白说,没必要再进医院了,"只因你没在那里。如果我能带上你,将你装进胸前口袋,我是绝不介意待在医院里的"。而且,即便有薇拉的陪伴,久病之后的他仍然感受到了阵阵可怕的疲倦。在他的脑海中,《劳拉的原型》差不多成型了,但令他沮丧的是,劳累的双手已无法下笔。当八卦记者前来打探他的食谱时,纳博科夫诙谐地说:"我的创作体系更加奇特,只需从凌晨2点至4点,在第一片安眠药的药效消失,第二片还没开始起作用的时候,进行两个小时的冥想,然后在下午写点东西。"到了1977年2月,他宣布说,将在起风之时前往美国西部旅行。直到1977年的春天,他仍贪婪地憧憬着前往以色列,幻想能在那儿探寻中东蝴蝶(10年前他就说过,"我也想在化蛹之前前往秘鲁或伊朗收集蝴蝶。")。然而,在两个夏天之前还健壮有力的他,如今却像个步履蹒跚的老人。他忙于给自己布置各类繁重的任务:重新审校那些有瑕疵的小说译文。对他的这种精神,朋友们很是迷惑。

在接下来的一段时间里,纳博科夫的精神似乎有了好转。然而,在他写于1977年3月的日记上,又一次出现了关于旧病复发的不祥文字:"一切又重新开始。"两个月后,他仍俯身案前修改《劳拉的原型》,仍时不时地对来访的客人开起玩笑。到了5月18日,他的笔记开始变得潦草,他记录道:"轻度精神错乱,温度37.5°。一切有可能重新开始吗?"事实证明,他几乎不可能再集中注意力了。这是一个重要的夜晚,这是有史以来,纳博科夫第一次在玩俄罗斯拼字游戏时输给了他的妹妹埃莲娜·伊万诺夫娜·纳博科夫。数周之后，高烧袭来，他被送到洛桑[1]的一家医院。在那里，薇拉严厉地告诉一名糊涂的医生：她担心纳博科夫就快死了。

在接下来的几天里，德米特里回想起他的父亲曾悄悄对他说，他的儿子将要去慕尼黑歌剧院了，为此他是多么的骄傲。他回想起那些在慕尼黑歌剧院的时光，那些日子比他在后来岁月里的任何时候都要快乐，只因为那时"父亲还在"。在回来的路上，他发现父亲凝视的目光中存有一丝告别的意味。德米特里后来写道："时不时地，想到总有那么一刻，要突然和一位在各方面都为你带来快乐的人生离死别，心里总会浮现出一抹深深的悲凉。"

薇拉凑巧说过这么一句话，她不认为死亡会结束所有的东西；纳博科夫对此表示认同，就像他穷尽一生在他小说的私密王国里所宣告的那样。在和父亲相伴的最后几天里，德米特里在一个夜晚亲吻了他父亲的前额。那时，他发现父亲的眼里含有泪水，这让他感到非常意外。德米特里询问父亲为什么流泪，父亲回答说："一只蝴蝶已然振翅。"从纳博科夫的眼神可以看出，他知道自己已经看不到这样的景象了。

几天之后，他的呼吸变得微弱，气喘连连。那是一个弥漫着光晕的下午。他的妻子和儿子坐在他的身旁，看着他。他们能觉

---

1. 洛桑，瑞士法语区的文化中心，国际奥委会永久会址所在地，位于瑞士西南部，分为乌契区（Ouchy）和老城区（Old Town）两大部分。洛桑的原意为"石头"，源于这里遍布大街小巷的崎岖不平的石板路。1977年7月2日，纳博科夫在洛桑病逝。

第一章 | 梦想家的奢侈幸福

察到,这是纳博科夫对他们存在的最后感知。1977 年 7 月 2 日,星期六,早上 6 点 50 分,纳博科夫呻吟了三次,声音残喘,逐

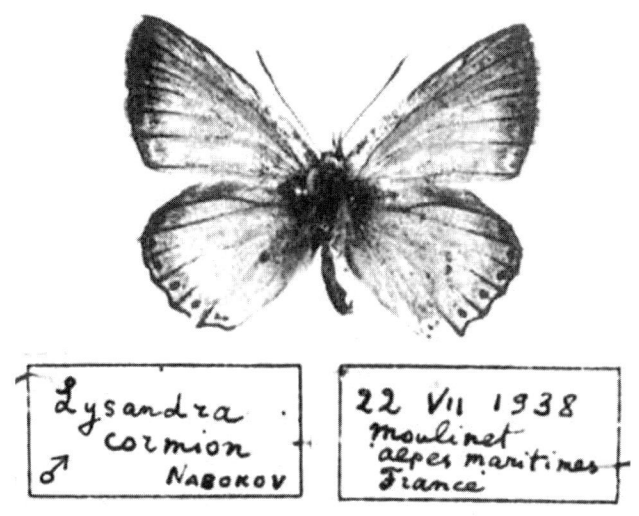

铜色小灰蝶,纳博科夫在一个夏天里偶然捕捉到的。
(法国,穆尼勒,1938 年 7 月,©德米特里·纳博科夫)

渐衰弱。然后……他去世了。当晚,在德米特里想驾驶他的深蓝色赛车送母亲回蒙特勒时,母亲平静地说:"我们租一架飞机,驾着它坠落吧。"

在一个多云的夏日,纳博科夫的遗体得以火化。接下来的那个下午,他的骨灰被放进了骨灰盒,在场的只有薇拉和德米特里。他的坟墓位于克拉伦斯公墓,紧挨着夏特莱雅庄园(Chateau Du Châtelard),这个地方还长眠着家族里的一位伯祖母。

纳博科夫并没有完成《劳拉的原型》，和在他之前的维吉尔[1]一样，他要求把他所有未完成的手稿和写作痕迹通通毁掉。然而，薇拉却像维吉尔的遗嘱执行者那样没有烧掉纳博科夫的文字。德米特里在他父亲死后不久又回到了他父亲在蒙特勒宫的房间，对他来说，他只能透露这么多："有另外一只盒子，一只非常特别的盒子，里面装着部分最为原始、最令人激动的《劳拉的原型》的初稿，这是父亲最杰出的小说，这部小说集中了他所有创造力的精华。"30 多年来，《劳拉的原型》的片段都被存放在瑞士银行的地下室里，直到 2008 年德米特里着手将它们发表了出来，其间只有很少的人曾秘密地看过它们，并且发誓保守它的保密。

没有一束月光不给我梦境……

纳博科夫去世已经 33 年。33 年，这只是我花在读完一部又一部纳博科夫的小说，在秘密使命的引领下进行文学侦查，让自己学会蹩脚的俄语，和做一些其他的、很快会被编织到我故事里来的琐事上的一小部分时间。

现在，在这个黯淡的晚夏清晨，我正站在蒙特勒的小山上，

---

[1]. 普布留斯·维吉尔·马罗（Publius Vergilius Maro，公元前 70—公元前 19），古罗马最伟大的诗人，代表作是 12 卷史诗《埃涅阿斯纪》（Aeneid）。传说他去世前，《埃涅阿斯纪》只基本上完成初稿，尚未定稿。他遗命将这部稿子烧掉，所幸他的遗嘱执行者没有照他的意思去作，这部伟大的著作才得以保存下来。

向外眺望日内瓦湖。我来到瑞士拜访德米特里，然后前去克拉伦斯的公墓参观——弗拉基米亚和薇拉的骨灰就合葬于此。德米特里后来告诉我，在他母亲死后，挖墓者花了好几个小时才找到安置他父亲的坟墓。"有些事情连莎士比亚[1]都始料未及。"直到下午将尽，他们才把坟墓找到并打开。二者相伴，归于尘土。他们长达 52 年的婚姻，如一首庄严的终曲，奏响在流逝的时间身后。

我不知道是否曾有人说过，生命的主要特征之一就是离别。我强压志忑，走进公墓。站在壁龛前面，我不自觉地将克拉伦斯等同上了巴黎的拉雪兹神父公墓[2]，那里编了号码的坟墓下沉睡着奥斯卡·王尔德[3]，马塞尔·普鲁斯特[4]，吉姆·莫里森[5]，和其他数百人。它的地图上详细地标注了从入口处开始的庞杂路线网，

---

1. W. 威廉·莎士比亚（W.William Shakespeare，生卒年不详），英国文艺复兴时期伟大的剧作家、诗人，欧洲文艺复兴时期人文主义文学的集大成者。此处说"有些事情连莎士比亚都始料未及"，是在借莎翁名剧《罗密欧与朱丽叶》（*The Most Excellent and Lamentable Tragedy of Romeo and Juliet*，简写为 *Romeo and Juliet*）中的合葬桥段来衬托纳博科夫夫妇至死不渝的爱情。
2. 拉雪兹神父公墓（Pere—Lachaise），世界上最著名的墓地之一，位于巴黎的第 20 区，安葬着一大批过去 200 年中为世界文明做出杰出贡献的名人。
3. 奥斯卡·王尔德（1854—1900），英国唯美主义艺术运动的倡导者，著名作家、诗人、戏剧家。代表作有《道林·格雷的画像》（*The Picture of Dorian Gray*）、《狱中记》（*De Profundis*）。
4. 马塞尔·普鲁斯特（1871—1922），20 世纪法国最伟大的小说家。代表作《追忆似水年华》（*A La Recherche Du Temps Perdu*），是一部被誉为 20 世纪最重要的文学作品之一的长篇巨著，以其出色的心理描写和卓越的意识流技巧而风靡世界，在当代世界文学中有不可替代的经典地位。
5. 吉姆·莫里森（1943－1971），美国诗人、艺术家、摇滚歌星。他的乐队"大门"（The Doors）是 20 世纪 60 年代最重要的乐队之一，其名称来自英国浪漫主义诗人威廉·布莱克（William Blake，1757—1827）的一句诗："感知的大门敞开了。"

那儿有日夜巡逻的暴躁守卫，也有前来捐赠的游客在视线所及的树木上刻下的铭文。

而克拉伦斯却什么都没有。若非一层血肉将我们包裹，我们早就死了。人类只存在于与周遭环境分离的时候。一片墓石的海洋在我的眼前蔓延。高耸的树林在清晨叹息着，一座空旷的教堂孤立而苍白，一座巨大城堡的塔楼仿佛刻在了背景里。它们迎接着我，向我致以问候。就像迷失于宫殿里的爱丽丝，我想这一路是白走了，再想想几个小时之后我就要去坐火车，想着我再也找不到他，于是，我迅速地做了一次草草的祷告。远处，一只鸟颤动着双翼。头盖骨是宇航员的头盔，要么待在里面，要么死。天空一片宝蓝色，没有一丝遮掩。我看到了一座小山的曲线。被阳光洗礼过的墓碑，在9月初寒冷的早晨静静地闪耀着光芒。我转身，看到日内瓦湖的天空挂着彩虹，看到那优雅断裂的山坡在水平线的底端交相辉映。我迅速地回到当下，朝教堂和墓地的工具室走去。"你好，你好，有人在吗？"死亡是剥离，死亡是共融。我有点恼火了，于是跑去右边的小型火葬场，绕着它转起圈来——至少得要找到一张亲切的脸，或是一双活人的眼。一个人也没有，公墓空空如也。

我继续走着，大理石碑浪涛般地朝我压来，我感到和它们如此亲近，却又如此绝对地无意义。和这风景融为一体可能是件美妙的事情，但这样做却是对脆弱自我的终结。突然，就在我的右边，我发现一座灰蓝色的墓碑，它和其他石碑一样平常。（我简单地算了算，我走过这座墓碑的概率是多少呢？它没有墓志铭，没有吸引人的噱头，而且掩藏在成千上万座墓碑当中。）

在一块光秃秃的长方形墓碑上,我瞥见一行文字:

弗拉基米尔·纳博科夫
作家 1899-1977

右下方写着:

薇拉·纳博科夫
1902-1991

我躬下身来,停顿了数秒,然后把手掌放在污迹斑斑的大理石上。我想象着20世纪30年代,在柏林的公寓里,他把《天赋》写在纸上;我想象着他爱在8月的美国捕捉天蛾蝶,我想象着他用拇指和食指夹起蝴蝶,观察它们翅膀上的条纹时的愉悦。这座公墓里似有一种温和的气息,一种诱人的、神秘的平静。若非一层血肉……像着魔一样,纳博科夫的话缓慢地于我的脑中盘旋,恰似梦里胡乱跳动的音符。

没有一束月光不给我——

其实,我在几天前做了一个梦。梦里见到了他。他离我如此之近,几乎可以触碰得到。他看着我的脸。从在过去几年看到的无数关于他的照片中,我拼接出了他的形象……他笔直地站立着,眼里闪烁着滑稽的神情。他疲惫地爬上一个覆盖着巨大花朵的牧

场，手里拿着一张大到怪诞的捕蝶网。画面一片黑白。尽管他一个字都没有说，但他的表情仍流露出好奇与亲切——这对做梦之人是何等奢侈的快乐。

某个下午，黄昏将至，我坐在德米特里家里，连续吞下了几块梨挞（Pear Tart，就是玛德琳蛋糕，做蛋糕的师傅看上去像是从《阿达》的阿迪斯礼堂后门里走出来的），在我们漫长的谈话即将结束之际，我把我在梦里见到的纳博科夫描绘给他的儿子听，我怕他会觉得可笑，怕他会因此生气。我小心翼翼地描述着，等待他将这读者的狂想无情抹杀，等待他丢弃这可悲的执着。然而，令我吃惊的是，德米特里被感动了，他甚至为之欣慰。因为他的父亲还在，还漫步于某个人的梦里……有那么一瞬，他冰蓝色的眼里好似涌出了泪水。我感到非常惊讶，正如他第一次为我打开蒙特勒的家门时一样，我惊讶于他们父子在相貌上的相似。我发现，他自己也快到他父亲生命结束时的年龄了，可是他仍然无法接受他父亲已经不在了的事实。德米特里写道："每当一个新的东西出现在我的脑海，我的第一反应就是拿去求得父亲的认可，一如童年时在里维埃拉沙滩上捡到被海水打磨过的石头；不到片刻，我就意识到父亲已经不在了。他是否喜欢过我给他的那些小玩意儿？"

命运诡谲的手指将一些偶然的关联和线索隐藏了起来：一种以回文构词法命名的名叫马佳纳的罗马比萨，一座以纳博科夫在马萨诸塞州时的瑞士老牙医命名的牙形高山，或是一辆贴着"牙齿运输"这般可疑标签的废弃绿卡车。也曾有那么一会儿，我试着通过纳博科夫式眼光的镜头窥视。我看到莫斯科主教池塘里那只鬼鬼祟祟的黑猫,看到毕加索[1]的《阿维尼翁的少女》[2],她那翘起的臀部不经意地对着四个目瞪口呆的观众,还看到在一个孩子脸上那红色镶边的太阳镜里,有我自己歪曲的映像。

---

1. 巴勃罗·毕加索(Pablo Picasso,1881—1973),西班牙画家、雕塑家、剧作家、诗人,现代艺术创始人、现代派绘画的主要代表。
2. 《阿维尼翁的少女》(*Demoiselles d'Avignon*)始作于1906年,至1907年完成,其间曾多次修改。这幅油画不仅标志着毕加索个人艺术历程中的重大转折,也是西方现代艺术史上的一次革命性突破——正是它的问世,引发了立体主义运动的诞生。

我心目中的纳博科夫。
(瑞士,泽梅特,1962年,©荷尔斯特·塔普)

第二章
记忆亮点中的幸福

（作者带走了时间，读者拿出了镜子）

在那开篇数页里,我听到的不是一阵笑声,而是一声叹息:

深渊上的
　起源之石
　　和常理一道
　告诉我们
　我们的存在
　　不过是在黑暗的
　　　两极之间
　光芒发生的
　　轻微
　　　碰撞……

遥远的记忆深处浮现出一个亮点。

第二章 | 记忆亮点中的幸福

1903年夏末。在圣彼得堡郊外的纳博科夫家族庄园里，4岁的弗拉基米尔正漫步于维纳的橡树林里的小道上。绿色的草地像地毯般铺开在他的眼前，他摇摆着那尚未成长起来的稚嫩小手，在林间快步走着。透过时间的漏洞望去，他似乎被隐藏了在永恒的褶皱中，在那里，父亲、母亲和孩子是同一种虚幻的生物，然后，他突然醒悟，发现父亲33岁，母亲23岁，他们是不同的二人，甚至三人。

俄罗斯北部，漫长的8月，他母亲的生日就在那月最后的某天。他想起了那流动在灌木和树丛里的纯净阳光。半个世纪后，纳博科夫在他的自传《说吧，记忆》里写道："我感觉自己像是突然陷入了一个发光的移动介质里，那种介质不再是纯粹的时光元素。有人把它和一些生物分享（就像激动的游泳者分享发光的海水那样），那些生物不是他自己，却被时间的洪流组成了一个整体。"

时间的苍白火焰正堆叠着世界的重量，它使离散的事物褪去光芒，它敏捷地打开了意识的天窗。"事实上，在1903年8月的一天，有意识的生命降临的那一天，我站在遥远的、与世隔绝的、几近荒芜的时间之脊上赞美地看着我自己。"时间迎来了意识，打翻了知觉的沙漏。在这一瞬间，时间就是意识，就是"在非夜之夜中"展现在人类面前的一份匿名的礼物。

在维纳的傍晚，他的母亲在客厅里借着烛光（维纳的庄园，就像《阿达》中的阿迪斯礼堂，故意不开灯）念书给他听，念完之后，她都会轻轻地暗示他时间已经游走上楼来了。纳博科夫害怕睡觉，他总是拖到最后，总是很不情愿才上床。母亲拉着他的手，普鲁斯特似的"一步，一步，一步……"地走上楼。因为记得母亲的声音,他可以闭着眼睛在那铁铸的楼梯上行走。15年后,在写给母亲的一封信里,他想到了当年的场景,于是写下了这个句子:"一步,一步,一步,我摔了一跤,你笑了出来。"他稳稳地搭着她的手,陷入那扫过他童年的发光粒子所组成的空间,躲过了又一个黑夜。

依照纳博科夫的原则,文学并不是从读第一遍开始的,而是从比喻性的第二遍开始的(他写道:"非常奇怪的是,一个人无法读一本书,但一个人可以重读一本书。"[1])——每隔一段时间,我都会将维纳形象化,把它描绘得非常清晰,清晰得就像一个存在于页面文字之外的独立部分——也许,它必须本质上被独立出来……

然而,这个**我**又是谁呢?

这么说吧,我出生在2500年的尾巴上,处于一个动荡时期的边缘——至少在我困惑的眼睛看来是这样的——这个动荡将会改变历史的进程。我会向你讲述幼年的往事,但我还是要这么说:有那么一个被锁在后退的玻璃球里的年代,而我所长大的家庭,被驱逐在它之外。"很久以前有一个极其困难的时期!"这种想法盘踞在我的童年,震撼着我的摇篮。不过,我还是要直接补充一下,我真心地讨厌政治(在这方面,我积极地站在纳博科夫这

---

[1] 仔细揣摩这句话的原文"One can not read a book:one can only reread it","读"在这里不仅是个动词,还是一种状态。换言之,纳博科夫告诉我们,读是真正的用内心去全盘体会,因此你永远无法一次性把握作品的丰富内涵;但你毕竟还是读了,所以当你重读的时候,绝对会有新的体会和发现。

边），而这使得我不愿对地理事件展开描述。或者这么说就够了：数日之前，动乱之中，我的叔叔被暗杀了。接着，我的祖母意外地去世了。在一次危机四伏的机场动荡中，母亲排在漫长队伍中的最后一个，期盼能坐上离开这个国家的最后一班飞机。那晚，边境被封锁了，祖国的大地在母亲眼前无声地退去。碰巧的是，我和我的父亲已经离开了，再也不会回来。

我们有幸逃脱了一场死亡，而不幸罹难的是某个世界。在我出生一年多之后，动乱结束了。尽管我可以向你们保证，我既非悲观主义者，也不是一个偏执狂，但我仍能渐渐地感觉到命运的险恶安排：每当我开始一件事情，就得结束另外一件更为广阔、更为伟大的事情。我游览过的地方，我曾加入的机构，我所见过的各色各样的人群，似乎都与那些被我错过的、漫长的金色年华一道消失于记忆的边缘（或是被彻底遗忘）。至于我个人的模式——就是你将要看到的模式，是和纳博科夫紧密相关的。现在，我的模式即将开始。

那么，我对纳博科夫的迷恋能被推断为一种怀旧的情感吗？或是产生于被毁灭的过去里那种对于失去之物的特殊感情？它是一个小说家粗糙的声音吗？那个小说家被他的祖国和母语流放，他的声音邀请我住进他的世界。

在我的青年初期，得益于一次偶然的机会，我邂逅了三本不同寻常的著作。三本书一再出现于我母亲深红色的锦缎扶手椅上：《说吧，记忆》，《阿达，或激情的快乐：家庭纪事》，《洛丽塔，一位白人鳏夫的忏悔录》。我知道她睡眠不好，只有阅读能驱散她的痛苦。我被《阿达》封面上的裸体少女深深吸引住了，便问她："你喜欢那本书吗？"她回答说："这是我看过的最透明的小说之一。但是你还不能看它。"她的回答引起了我强烈的好奇心，不过很快就被抑制住了，因为我对英语一无所知。我设计了一套自己的方式，就是把翻译过来的东西抄下来，但是很显然，光看开头的几页就知道，对于我来说，要读懂这本书是不可能的。

所以，到后来我只能等待，而且一等是好多年。随着时间的流逝，她开始大声地念给我听，并把《说吧，记忆》里的一些内容给我翻译过来。她读得非常平静，偶尔叫人有心碎的感觉，这又使她想起了自己的童年，想起那流入海洋的湖泊，和湖边那一片绿色的冷杉林，想起了夏日里美丽的乡村，想起了她的祖父母——在20世纪的头一个10年，他们不止一次地前往俄国旅行。那是另外一个世界。然而现在，那个世界对她来说既遥远又神秘，就像于我而言它从未真实过一样。

当轮到我去读纳博科夫小说的时候，思乡之情已然黯淡——它曾属于我的母亲。我用耳朵去倾听他的散文，文中那纯粹的魔力仿佛是在用我所知道的语言吟唱给我听。因此，我读得非常缓慢，要花上数周甚至数月的时间去理解一本书，然后再慢慢地翻开另外一本。这个疯狂的读者会抓住每一个页码——甚至每一句——读了再读，她的眼睛睁得大大的，在白天里闪烁着光亮。书里的每一处都如此新颖，仿若绽放的花朵，是某个人于遥远时空的缝隙、在花格蓬下的窃窃私语。

它被形象化了，被描绘得如此清晰……清晰得就像一个存在于页面文字之外的独立部分——也许，它必须本质上被独立出来……

时间是1910年左右，地点是俄罗斯。白天，一个仲夏的午后，

第二章 | 记忆亮点中的幸福

他们在维纳新建的公园里举行了一场网球赛。高大的松树包围了黄褐色的球场。纳博科夫的母亲埃莲娜·伊万诺夫娜站在用粉笔画下的白线外大喊:"开始!"她身着长裙,也许还戴了一顶帽子。她的队友总是弗拉基米尔。母亲和她最爱的儿子一组,对阵谢尔盖(弗拉基米尔的弟弟,长得高而瘦)和他们的父亲弗拉基米尔·德米特里耶维奇·纳博科夫(一个自由派政治家)。突然,因为传球不力而接丢了一个反手球,弗拉基米尔和埃莲娜互相指责了起来。球在地上滚动,发出令人生畏的回声,脚步声也突然激烈了起来;除此之外,四周一片寂静。他们转而大笑,笑声如一片热浪,穿过洋槐林繁茂的黄色枝丫。(事实上,整个球场不过是"公园里一小块明亮的隙地;我正站在与它相距 500 码的位置,却与它相隔 50 年的时间"。)

一个雨夜,弗拉基米尔骑车前往维纳的边境,他骑上斜坡,朝着格雅兹诺的村庄进发。他的自行车在透明的剪影里留下了车

"公园里的一小块明亮的隙地"
(俄罗斯,维纳庄园,1900 年左右,©德米特里·纳博科夫)

轮滑过的痕迹。他穿着凉鞋，泛白的脚上沾满了泥浆。雨水一股一股地从他的颈背上流下。他微微皱了一下眉，薄薄的嘴唇紧紧地闭着。小路左侧有一棵菩提树，那棵树伫立在他父亲向他母亲求婚的那个地方，那时还是19世纪的最后几年。当他穿过昏暗的松林和簇簇冷杉，他的头脑里突然响起一片混杂的声音：滴答、咔嚓。滴水声、电波声。他骑过一座摇摇欲坠的小木屋，骑过一辆生锈的马车（马已不知去向）。雨下大了，他就在一个露天的木棚下停歇了一会儿。他呼吸着，嘴微微张开，仿佛是溪水在围拥他的脚，而他的身后是公园精灵的低语和湿润的球果飘香。滴答。

有些日子里，当我什么都不想的时候，当我等待着某个人出现于这异国街边上的时候，当我穿游在这广阔无垠的土地上的时候，当我游离于半梦半醒之间的时候——总有那么一会儿，我仿佛回到了那个雨夜将尽的时候，呼吸着维纳湿润大地的气息。不知何故，我隐约感觉好像曾参观过这间隐藏在词句背后、隐藏在黑色路标前方的一片洁白之海里的古老公园。

阳光下，一阵微风吹过。清晨的时光慵懒地登上了它的舞台。在维纳餐厅的底楼，法式窗户上雕刻着浅绿色的纹案，金银花透过玄关悄悄地向着里面窥探。这时，可以听到厨房的刀具碰撞发出的咔嗒声。一滴蜂蜜渗落到蓝色的中式瓷碗的边缘，好像一只昏昏欲睡的毛毛虫。弗拉基米尔舀起了另一勺蜂蜜，看着它从轻巧的银勺流到涂抹了黄油的面包上。半个世纪后，他将重拾它晶莹剔透的光泽，重拾他早期生活里的清晨时分那种令人眩晕的幸福。

> 在黑暗的
> 　　两极之间
> 光芒发生的
> 　　轻微
> 　　　碰撞……

噢！然而，"时间是一座监狱，乍一看漫无边际，"纳博科夫会这样写，"时间的监狱是个永无出路的球体。"他自诩为一名时间恐惧者，带着站上时间末尾的强烈渴望，以每小时4500次的心跳速度朝着深渊奔跑。

是的，时间在不断前行。弗拉基米尔想起了母亲凝视那远去的世界的目光——用整个灵魂去爱，把余下的交由命运……——这是给她的礼物。"在维纳的时候，每当碰到她喜欢的东西，她便会用阴谋似的语调提醒我'Vot zapomni[1]（记好了）'。那些她喜欢的东西，诸如：一次春日的无聊，一只飞向污浊天空的云雀，夜里迅速拍下远处的一排树木，棕色沙砾上枫叶状的调色盘，或是一只小鸟在刚下的雪上留下的楔形足迹。"

---

1. Vot zapomni，俄语 Вот запомнить（记好了）的读音。

第三章

幸福,至少是幸福的一部分

(在作者深感迷恋之处,读者成了某种意义上的侦探)

在纳博科夫的生活里,初恋引发了最闪亮的记忆。

《说吧,记忆》里的女孩们……其中提到了席娜,她是比亚里茨海边的一个"晒得黑黑的,脾气暴躁的"女孩。还有科莱特,这个和弗拉基米尔一起逃进那隐秘剧院的9岁大的沙滩玩伴总爱拿着金币和捕虫网。当然还有那个美国女孩,她在柏林时从来都没有提起过自己的名字,可到了那天晚上,当她穿着滑冰鞋出现的时候,就立刻被取了一个绰号,叫"路易斯"。(弗拉基米尔脸上一副苦相,因为那天晚上他看见路易斯拿着花哨的道具在音乐厅的舞台上穿行;他曾幻想过路易斯是一个娴静孤独的女孩,这样的想法在此刻化为泡影。)在俄国,他遇到了波伦卡,她是维纳一个马车夫头领的女儿,当时他骑着自行车飞快地经过,看到波伦卡站在她的小木屋旁,目不转睛地望着落日。他们从未有过只言片语,他也只是在远处看见过她,但她的形象

"第一次拥有如此强大的力量,每当我梦到她,她都会在我的睡梦里烧穿一个洞,深深地震撼着我,让我的意识湿润,不让她的笑容消失"。一个奇怪的下午,他在奥列杰日河岸上看见了她,她在一座旧浴堂旁边,赤裸着身子跳跃,脸上洋溢着少女般的喜悦。然而,接下来,塔玛拉出现了,她让之前的那些人变成了微不足道的先行者。塔玛拉圆润而柔和,有着鞑靼人的眼睛。她和两个机灵的同龄人一起潜入维纳的树林。在一片林地里,塔玛拉和16岁的弗拉基米尔,"化身为幻象的一部分,品尝着真实"。

从一个隐秘的视角,一个他人不可见之地,他第一次看见了她。"7月那个寂静的下午,我发现她静静地、一动不动地(只有她的眼睛在转动)站在一片桦树林中,伴随着一个完整的神秘造物该有的沉寂,她看起来就像是生长在那里,生长在那些时刻保持警惕的林木之间。"

第一次悸动出现在1915年8月9号,那年他已34岁。

第一次想起她,他想起的是浓密的深色头发。一年之后,弗拉基米尔"仍然能想起它,就像第一次看见时那样,它被紧紧地编成了一股扎在脑后的粗辫子,上面还扎着黑色丝带打的蝴蝶结"。画面乱七八糟。那个偷窥他们在林间幽会的好色的年轻教师,他手中伸长的望远镜暴露了他的存在。圣彼得堡的寒冷冬季如梦如幻(博物馆的后房可代替不了维纳小灌木丛),他最后一次见她是在乡间火车的车厢里。当时她正咬着一根巧克力。她写给他的最后一封信,他未曾打开,更未曾看到——因为家人的突然离开,他们从克里米亚南部的一个海港坐船前往了君士坦丁堡。

塔玛拉最初叫作瓦伦提娜·舒丽,她是在一棵苹果树上面第一次见到他的。弗拉基米尔叫她露西亚。当我读到露西亚的时候,当我看到她曾给他带来的不可置信的灵感的时候,我开始想,纳博科夫是不是并不如我那时相信的那样,如此深入而广泛地把他自己的生活渗透到了自己的小说里?

虽然尚不能对这种想法完全认同,但现在我很清楚地知道,从那时起,我就开始踏上了我的文学侦查之途,也正是它促使我写下这本书。

数年以来,我都没有读完《说吧,记忆》,总是拖了又拖。那些小说的名字:《阿达》,《洛丽塔》,《天赋》[1],《微暗的火》[2],它们依次悄悄地退去。我一直相信,传记中的"我"几乎没有受到那些五彩斑斓的世界的

塔玛拉,或者露西亚·舒丽。(俄罗斯,1916年,© 《消息报》)

---

1. 纳博科夫的一部叙事风格的俄语小说,再现了旅居德国的俄国年轻诗人费奥多尔·戈杜诺夫·切尔登采夫为写出一部"天赋"之书而奋斗的历程。本书中,作者尽展语言造诣和诗歌才华,时时处处都折射出作者本人的影子,客居他乡的俄罗斯文人的心境——浮现,读来如在目前。
2. 《微暗的火》是纳博科夫在美国完成的第四部长篇小说,也是纳氏作品中结构最奇特、设计最精巧的作品,由"前言"、"诗篇"、"注评"和"索引"四部分组成。其中,前言和索引纯属虚构,诗篇只有999行,仅占全书十分之一,注评则连篇累牍充斥全书。有论者认为:"《微暗的火》是一个玩偶匣,一块瑰丽的宝石,一个上弦的玩具,一次疑难的棋局,一场地狱般的布局,一个捕捉评论家的陷阱,一部由你自行组织的小说。"而这种以评注为主体的互文结构,恰好反映了纳博科夫的一个观点:"人类生活无非是给一部晦涩难懂而未完成的杰作添加的一系列注释罢了。"

任何影响。那么,有谁会永远谴责年轻时期的苦难、私奔和罪过呢?(那些无尽的猜疑给这一天带来了许多的苦恼……啊,那些细节,真是一些耸人听闻却又完美异常的细节!那些精雕细琢的真实忏悔!)到了20世纪末,维护小说主权的做法,已经俗不可耐了。伟大的作家不可能在他们存在以前写作。但是对于薇薇安·达克布鲁姆[1],这位真实谎言的悲剧缔造者来说,他只需要直接将它们讲出来即可。文学道出真实,但不构成真实。(而我却在走向岔道。)

一个夏日的夜晚,我正在蒙特勒的街上走着,突然遇见了一家书店,里面满是沾满灰尘的美国图书。我的手随意滑过那些粗糙的书脊(这并不是我的习惯),发现了《说吧,记忆》,它被整齐地排列在长长的金属书架上,就在《洛丽塔》和《阿达》的旁边。命运一般,青春的三角形再次显露了出来。我买下了这本书。接下来的几天,我坐在公园里那结了种子的乔木下翻读。中途下了一场雨,好像是为了帮我躲开当地的流氓的搭讪。这本书深深地吸引了我,它并不像我之前读过的自传。它是一本由14个章节和一篇无厘头的附录组成的书,它并不急着记录生命平稳的脉搏,也不会为了自身的无聊目的而删除那些熟悉的细节。作为一本文学著作,《说吧,记忆》有着感官上的吸引力。它不是对过去时光的空洞纪念;从结构上来看,第一眼虽然望不透,却已被点画进了时间的纹理中。作为一项创造性的前进着的文本,它是

---

[1] 纳博科夫的化名。《洛丽塔》纳博科夫写了整整五年,直到1953年底才完成。因为题材涉及到敏感的恋童问题,他最早希望匿名出版。可他又不甘心,所以在小说里安排了这个名叫薇薇安·达克布鲁姆的角色,这其实是他英文名字Vladimir Nabokov的重新排列组合。

生活的见证，虽然没有令人惊悚的主题，却时时有被艺术家怀旧的眼睛所发现的一切。纳博科夫写道："我认为，以体现一生经历为主题，才是写自传的真正目的。"《说吧，记忆》是图书馆里那些所谓的非小说文学的一道奇异风景，它脱颖而出，深深地印在我的头脑中。通过折射的镜子和令人吃惊的镜头，我有了确切的想法，一些关于文学和生活的想法，正慢慢地开启于我们的头脑之中。

"第一件事和最后一件事往往有着青春的一个标志。"纳博科夫在这本书的开头几行这样写道。从开始到最后，这是一根深红色的线。对于纳博科夫，初恋的记忆始终贯穿着他的创作生涯。

于是露西亚出现了，她带着变幻的面具，从小说的透明幻灯片上滑下，绝不雷同，绝不重复。玛申卡是在破碎的过去里消失的初恋。塔玛拉踏入那飞舞着"坎伯威尔美人"的林间空地。安娜贝尔在法国里维埃拉海岸那片种着含羞草的隐逸树林里，拿着青年亨伯特的"热情的节杖"。阿达长着一张苍白的脸和一头深色头发，她在自行车上欢快地喋喋不休，踩着脚踏板奔向黄昏时分的阿迪斯公园。"青春的一个标志"，很可能就是露西亚。透过记忆的多棱镜，纳博科夫捕捉到了她的存在。她与那永恒的微光一道，盘踞在纳博科夫的想象里——故事开头那散不去的余音；杏仁般的美丽嘴唇；大腿微弯时优雅的弧度；每一次在白天带她去维纳的松灌林，或是同去附近的奥列杰日河边的庄园（那是瓦西里叔叔的庄园），站在那棵古老的酸橙树下——这是那个雨夜中，弗拉基米尔与露西亚相遇的地方。

第三章 | 幸福，至少是幸福的一部分

然而，1916年春天回到圣彼得堡以后，在露西亚躲闪的眼神里，弗拉基米尔看出他们再也无法点燃如第一个夏天那般的热情了。他带着一种特殊的崇敬为这位婀娜多姿的女神写下了伤感的诗歌，并挑选了一些在圣彼得堡自费出版。不久之后，当露西亚读到这些诗歌的时候，发现一些琐碎的细节竟逃离了他的记忆："同样的不祥的漏洞，空洞乏味的注解，巧妙地预示着我们的爱情难逃一劫，因为它再也回不到最初时刻的奇迹：酸橙树的叶子在雨中飘摇，发出窸窸窣窣的声音，身后是荒芜却惹人怜爱的田园风光。"

冬天将至，城市迎来一个苍白、颓废的世界。后来，通过被流放的长镜头，这个世界看上去又像第一个夏天的清晰残影，它应和着被遗落的事物那挥之不去的流言：午后，一道古铜色的阳光，一阵青春的笑声，一根瓦西里叔叔庄园里被刷成白色的柱子（一路向左的最后一根），独行于俄国的古老桦树林时偶然听到的滔滔不绝的流水声，生长着蔚蓝冷杉的小路上的一次户外盛宴，坐在缆车上的孩子们表现出的童话般的慌张，还有她的"个性重获"。

那些小说里的第一个夏天，快速地向前又快速地停下。

我写下上一段文字的时候，想起了《洛丽塔》里的前几行句子："那年夏天，在海边的领地上，如果我没有爱过那个最初的女孩，那么，也许根本就不会出现洛丽塔。"安娜贝尔是亨伯特生命里最原始的洛丽塔。24年后，那个死去的女孩儿在多莉·哈滋的一声叹息中被召唤回来，赶上了这洒满阳光的草坪。"然后，毫无预警，我的心里掀起了一波蓝色的浪涛，她半裸着跪在铺满阳

光的垫毯上,转过身来,带着深色太阳镜望向我,是我里维埃拉式的爱。"时间的诡计,湮没了24年的光景。

我想起了凡第一次把眼光落在阿达身上的情景。在阿迪斯礼堂的入口,她和她的母亲一起从马车里走出来,那时的她只是"一个十一二岁的,有着深色头发的女孩"。他对阿达的第一印象是(或是他回忆起她的时候,她手里拿着一些新鲜的花朵):"她穿着白色连衣裙,套了件黑色的夹克,长发上扎着一只白色的蝴蝶结。他后来再也没有看到过那条裙子,每当他回想起来,她都会反驳他,说他是在梦里看见的。她说她没有那样的裙子,更不可能在那样热的天气穿深色的夹克,但是他自始至终都保留着对她的最初印象。"那第一印象,坦然且真实地,或是隐约且扭曲地,永恒定格在凡的幻想中。

我不认为纳博科夫的小说是对他过去的记录,但是他的小说的确是对第一个夏天——那个有着永恒光芒的夏天的重温。那时候萌发的独特意识在纳博科夫的整个一生中回响。就像记忆的细丝不可思议地结成了束,这样,幸福——或者至少一部分幸福——成了回忆的另一个分支。

第四章

一阵幸福

(作者谈起世上的唯一实相,读者变得开朗而健谈)

意识是世界上唯一真实的东西，是最伟大的奇迹。

它是笼罩在黑暗幕布上的一网光；它是一对双生的虹彩；它是有着凡尘血肉的夏娃；它是在11月的晦涩清晨里唱着歌的画眉鸟；它是一阵闪光的笑声，撕扯着夜的衣裳；它是浅绿色水中的一叶轻舟；它是冰雪的细小花瓣。

宇宙多么渺小（一只袋鼠的口袋都能将它装下）；和人类的意识比起来，和个人的回忆以及记录回忆的文字比起来，它是多么微不足道……

……腐烂在血泊中的谁的洁白牙齿；夏末天空的潮湿气息；闪烁在黄铜旋钮上的一缕阳光；桔灯蛾的黄褐色后翅；睁大在暗

光里的瞳孔；分裂在黎明时的一缕绯红；睡眠时背风的那一面。

于它们来说，意识是刻在黑暗里的信息。

它是一道凹陷的光；是一只萤火虫寻梦般地追逐着黑暗；是紫晶的光芒照上半透明的肌肤；是一捧金光闪闪的沙；是一阵痛楚；是切割玻璃时发出的刺耳响声；是时间造就了我。

忽然窗户打开，摇晃在阳光照耀的景色里……

……一只蓝色的小蝴蝶轻盈地舞翅飞翔；装有透明镜子的画廊；一个疯癫诗人的魔毯；是字词创造了生物；沸水的私语；一盏依托着夜的灯；乌黑的双眼和碧绿的海；光尖掠过时的一阵剧痛。

整个世界只是一个被意识拥抱着的宇宙。意识伸出它的双臂，伸得越远越好。

体验幸福。
(法国,勒布鲁,1929年2月,
弗拉基米尔·纳博科夫,©德米特里·纳博科夫)

第五章

六名疯狂帽商的幸福总结

（作者与他人爱得痴狂，读者入睡了）

爱，是纳博科夫式世界里克莱尔[1]式的明暗相间的蔓藤花纹。

然而，所有幸福的恋人多少又是不一样的；所有不幸福的恋人又或多或少有些相似（我模仿的不是一位，而是两位伟大的俄国作家）。

在纳博科夫眼里，爱情中的幸福需要绝对的新奇。因此，在接下来的三个故事里（它们或是真实的或是想象的），你可以抓住最珍贵的线索去领会这特别的幸福。

---

1. 克莱尔（Claire），小说《塞巴斯蒂安·奈特的真实生活》中的人物，与塞巴斯蒂安相恋了6年的恋人，也可能是他能找到的最理想的爱人。遗憾的是，塞巴斯蒂安选择了离开，转而去追求一个对他造成致命吸引与打击的女人。在写作这部小说之前，纳博科夫背叛了他最理想的爱人薇拉，计划与一位年轻女子私奔。当然，最终他还是回到了妻儿的身边。

疯狂的合法之爱

在他少年时代即将结束的时候，席娜，科莱特，路易斯，波伦卡和露西亚也逐渐退场，此后，在彼得堡和柏林那快速流转的街道上，弗拉基米尔"进入了一个有着奢侈的情感和感观的状态"。在这种状态下，就像"100个不同的男子，在一连串平行或交错进行的恋爱中，同时追求一个变幻多端的女子……带着无关艺术美感的欲念"。

但在1923年5月8日晚上，在柏林的一座桥上，弗拉基米尔朝一个叫薇拉·伊芙谢耶娃·思罗琳的女人走去。正是她邀请他来到这座桥上。她戴着黑色的面具，欣赏着他的诗歌，记住了他的文字。他很可能从来没有见过她的脸，正饶有兴致地打量着在黑暗中浮现出来的狼一般的面具轮廓。

1925年春天，他们结婚了。他在之后写给她妹妹埃莲娜的一封信里赞美道，婚后的爱情有着"显著的真实感"。1937年，他在巴黎和一位白俄罗斯美女发生了一段婚外情，她急切地想要嫁给他。然而，完全不像他小说里的那些性感生物，这只俄国移民文学中的"天堂鸟"却经历了一段可怕的心疾，甚至想到自毁。薇拉收到了一封揭露此事的匿名信。于是，她对他说，要是他爱上了那个女人，就应该离开她。也许他是爱上了那个白俄罗斯美女，但他并没有离开薇拉。事实上，从那时起，他们几乎没有离开过对方。

瓦洛佳——她是这么称呼他的——喜欢薇拉非凡的记忆力和她标准得不可思议的俄语。她调皮的幽默感使他陶醉。从X角度来说，他眼中的女性形象就是她那个样子。尽管她曾简单地翻译过爱伦·坡[1]的作品,可是她并不从事翻译。就他而言,他"对于翻译者,是公开的同性恋(他喜欢男性翻译者)"。她自己并不怀有文学抱负。他认为"女性作家"没什么了不起。(他将如何去认识一名险将成为纳博科夫式作家的女性呢,想到这里我就不寒而栗。)结婚以后,薇拉一直收藏着丈夫的作品,却从未留下一页自己年轻时出版的译作。(也许,在嫁给纳博科夫之前,她自己也写过一些东西的吧?我想,这已经不重要了。)纳博科夫在写信告诉家人将和她结婚时说道:"最尖锐的嫉妒,是一个女人与另一个女人之间的嫉妒,是一个作家与另一个作家之间的嫉妒,然而,一旦女人嫉妒起了作家,那就形成了H_2SO_4(硫酸)。"这样说就够了:薇拉坚定不移地认为她的丈夫是他那个时代最伟大的作家。这样一来(因为必须"这样一来"),她愉快地扮演了这样的角色:

妻子

情人

看护

读者

助手

打字员

代理人

---

1. 埃德加·爱伦·坡(Edgar Allan Poe,1809—1849),19世纪美国作家、诗人、文学评论家,在世时长期担任报刊编辑工作。侦探小说鼻祖,科幻小说先驱,恐怖小说大师,象征主义先驱。代表作有诗集《帖木尔》(*Tamerlane*)、短篇小说集《述异集》(*Tales of the Grotesque and Arabesque*)。

第五章 | 六名疯狂帽商的幸福总结

司机

保镖

棋伴

私人银行

执行天才

……

在美国,她得到了一把 38 口径的勃朗宁手枪,并获得了开枪许可。她把它藏在一个棕色的盒子里。她小心、谨慎,而且非常隐蔽、精细。她有着独到的风韵,她过早斑白的头发,一如年轻时那样焕发着光彩。

纳博科夫非常恭敬地把他的大多数小说献给了薇拉。"她的形象,常透过我书内明镜里的色彩反射神秘地重现。"但她并非他笔下人物的原型。1958 年,她和丈夫一道踏上《洛丽塔》的宣传之旅,当时一则新闻头条报道说:"纳博科夫夫人比少女洛丽塔大 38 岁。"(当纳博科夫要把《洛丽塔》的草稿扔进花园的焚化炉时,薇拉出于偶然将其拦下,她说:我们留着它吧。)

不管怎样,她都是那些荒谬推测的对象,他们把她作为封面、对照物或者原型。"被从未相见之人通过错误而低俗的推测侵犯

12+38。(瑞士,蒙特勒宫的泳池边,1966 年夏天,菲利普·哈斯曼,© 菲利普·哈斯曼 / 马格农)

隐私时，我真的感到恼怒。比如说，厄普代克[1]先生在一篇故作聪明的文章里荒谬地指出，我小说里的人物，也就是那个邪恶、淫荡的阿达，'从一两个角度看来，是纳博科夫的妻子'（我引用他的话）。"针对《纽约时报》上的一则马修·霍德佳的评论，纳博科夫回应说："有病吧先生，你了解我的婚姻生活吗？"

对于纳博科夫夫妇，婚姻就好比在永恒深渊上悬挂的隐护所。那是由两个人组成的队伍。一个无形的连字号把他所有的话语编织在了一起，它在你最不需要的时候，莫名其妙地出现。忽然间，她又带着半透明的面具出现了，沿着寂静的拐角处走着，就像《说吧，记忆》里那个寂静的"你"，轻轻点缀在句子的开头。在第十五章和最后一章里，纳博科夫写道："时间流逝，快如流星……亲爱的，到现在为止，没有人知道我们所知道的那些事儿。"他开始沉默了。

1961年，纳博科夫夫妇搬到了瑞士的蒙特勒皇宫酒店。

我们对于他们的私生活一无所知。只知道他们住在两个毗连的房间里。也许他们脚尖对着脚尖。每到深夜，他都会裸身躺着，仰头看她，灰蓝色的眼睛向上望着。然后，又一次，悄无声息地消失在他房间的阴霾中。

---

1. 约翰·厄普代克（John Updike，1932－2009），美国作家、诗人，代表作为系列小说"兔子四部曲"、"贝克三部曲"，曾两度获得普利策（Pulitzer Prize）小说奖，被公认为美国最优秀的小说家。

我们知道他们的梦。就像《尤利西斯》[1]里那对做梦的双胞胎，纳博科夫夫妇偶尔也会进入相同的梦境。他在一个故事里这样写道："医生说有时我们做梦的时候将头脑合并了。"他也相信凡·费恩于几年后构建的梦的"预兆气息"。（在那些斑驳的阴影里，我们可以观察未来，"一睹时间的流线"。）几个月后，他把他的梦记录下来，并且给它们贴上标签，正如他曾经把那些眼花缭乱的蝴蝶订起来那样——俄国的，天灾的，情色的，文学的，预知的。薇拉的梦中充满了无声的焦虑。她梦到戒严的边疆，梦到他们赤脚逃跑（她把儿子紧抱在胸前），或梦到地下的木板在她的脚下松散，她也随之逐渐下滑。

1964年11月，一个冬天的晚上，他们一同梦到了苏维埃起义。

那年，弗拉基米尔在写给薇拉的信里写道："我们彼此是如此相似。就像在信中：我们都喜欢（1）插入一些无关紧要的外国词汇，（2）从我们喜欢的书里引用一些词句，（3）把一种感官（比如视觉的）印象转化成另一种感官（比如味觉的）印象，（4）

1.《尤利西斯》，詹姆斯·乔伊斯（James Joyce，1882—1941）创作的一部长篇小说。它以时间为顺序，描述了主人公——苦闷彷徨的都柏林小市民、广告推销员利奥波德·布卢姆于1904年6月16日一昼夜之内在都柏林的种种日常经历。乔伊斯之所以选择这一天来描写，是因为这一天是他和他的妻子诺拉·巴纳克尔首次约会的日子。小说题目来源于希腊神话中的英雄奥德修斯（Odysseus，拉丁名为尤利西斯），其章节和内容也经常表现出和荷马史诗《奥德赛》（Odyssey）内容的平行对应关系。利奥波德·布卢姆是奥德修斯现代的反英雄的翻版，他的妻子摩莉·布卢姆对应奥德修斯的妻子帕涅罗佩，青年学生斯蒂芬·迪达勒斯则对应了奥德修斯的儿子忒勒玛科斯。《尤利西斯》是英国现代小说中最有实验性、也最有争议的作品。它大量运用细节描写和意识流手法，语言上形成了一种独特的风格，由此构建出一个交错凌乱的时空，被誉为意识流小说的代表作。詹姆斯·乔伊斯是爱尔兰小说家，20世纪最伟大的作家之一。他的作品及"意识流"思想对全世界产生了巨大的影响。

她和你。(瑞士,蒙特勒宫,1968年10月,菲利普·哈斯曼,©菲利普·哈斯曼/马格农)

在信末为一些不切实际的废话请求谅解,还有很多其他方面。"

偏执的疯狂之爱

我想起了10年前一个地中海沿岸的乡村。长长的柏树剪影爬上我们红砖房的墙上,和刺山柑浆果丛的多刺树管交相辉映。片刻之后便到了晚上,暴雨倾盆而下,零星分布的水池化身为草场中的一个个裂口。光投在水里,就像光滑的鱼鳞。我在一张白色的藤条椅上坐下,第一次认真地浏览《洛丽塔》。我穿着褪色的红色泳衣躺在那里,纹丝不动。那时,我妈妈的堂兄弟(一个有着纳博科夫双倍才能的人)手里拿着调色盘,两眼微眯,在水彩画布上描绘着某个清晨。数年之后,画面已然残缺,但防晒液的痕迹和那些交错相嵌的圆圈遗留了下来,它们暴露了我所不知道的英文单词的数量,我把它们释放在《洛丽塔》的篇页里。那些恼人的单词蹦跳在页面之上,像一个狡猾魔术师抛出的线索——他在我耳边悄悄地说,如果我举起那本字典,懒散地跌坐在草地上,他就会立刻揭开他的魔毯。

然而太阳升起来了,它要和大地对视。当它爬上天顶之时,逐渐升高的温度会使我打起瞌睡……拉丽塔,丽丽,丽丽塔,丽洛拉,丽洛塔,丽托塔,洛拉,洛丽塔,洛,洛拉,洛拉帕路扎,

第五章 | 六名疯狂帽商的幸福总结

洛丽柏浦,洛洛浦,洛丽,洛丽柏浦……在白昼之下,在半梦半醒之间,在我所坐的椅子开始以慢动作往前倾斜的时候,那些"丽"啊、"拉"啊和一只掉进水杯里的黄蜂所发出的嗡嗡声混合在了一起。于是,我滑了进去——

从前有一个朴素的女孩,"有着少女之地果园的气息"。她居住在一个生满苔藓的花园,身边围绕着一群青春萌动的少女。她还有其他各种优点。她长着柔软的颈子,有着细细的嗓音,说着一些不太高雅的词汇:"恶心","性感","呆子"。

一个"从电影里走出来的英俊威武的男人"搬进了她母亲的房子,她开始莫名地好奇,甚至有些着迷。一个倦怠的傍晚,她把腿盘在了男人的大腿上,她咯咯笑着,好像牙齿是镶嵌在一个红通通的苹果上。

那个绚烂的早晨,他看见她躺在地毯般的草地上、躺在专属于她的光海之下。从那个时候起,中年亨伯特就爱上了他的洛,他的洛拉,他可爱的德洛丽丝·哈兹。他重现的少年时的爱和对洛丽塔的爱相互依偎。他永恒的爱,在那明亮的外壳下,缱绻在清晨的草地上,并将永远颤动在他的血脉里。

很快,竟是如此之快,她将不再是一个女孩儿。她稚嫩的胸部和臀部将会突然隆起。(变了形!)她只在过去是朴素的德洛丽丝·哈兹,这不仅仅是停留在概念之上。在这可怕的沙漏中,她已被注定。"1月1号那天她就满13岁了,再过两年左右,她就不再是少女而是长成一个'年轻的女孩',再然后就成为'女大学生'——那是恐惧中的恐惧。"

然而,他只是一个穷凶极恶的怪人吗?他申述道:"我们不是性伴侣！我们绝对不是杀人犯。诗人从来不杀人。"文字的背后迅速腾起一阵冷笑，就像是一只柴郡的猫闪过一丝坏笑。亨伯特骄傲地宣告，一个有着古老世界血统的贵族男子"疯狂地掉进了爱河"。"时值1274年，佛罗伦萨"，但丁和他的比阿特丽丝[1]（9岁），"一个非常靓丽的女孩……穿着大红色的连衣裙，在一个愉快5月的私宴上"。彼特拉克[2]和他的劳琳（洛丽塔在14世纪的双胞胎姐妹），她是"一个有着浅色头发的12岁少女，她在风中奔跑，风扬起了花粉，也扬起了尘土。一朵花飘在空中，从沃克吕兹的小山上看去，它正飞舞在美丽的平原上"。

为了使这个冗长的故事稍显简洁，出于一系列迫切而实际的原因，亨伯特娶了洛丽塔的母亲。在一个下雨的午后，她被车子碾碎了身体。亨伯特去营地接回洛丽塔。然而，想想其中的是非曲直，确切地说是早上6点15分，在魔法猎人旅馆里，不是他引诱她，而是她在引诱他。她在营地里也学会了一两件事儿。他

---

1. 少年时代，但丁在一次宴会上遇到了一位女孩，她就是比阿特丽丝。容貌清秀的比阿特丽丝让但丁暗生倾慕之情。几年后的一个黄昏，但丁与比（Beatrice）阿特丽丝不期而遇。这时的她个子长高了许多，更加美丽动人……此后，但丁陆续为比阿特丽丝写下了许多充满激情的十四行情诗，诗中洋溢着但丁的天才灵感和他对比阿特丽丝的挚爱痴情。在但丁的心目中，比阿特丽丝是超凡脱俗的。她除了美丽、真诚和娴静外，还具有那种他所寻求的渴望已久的东西：一种启示真理的气质。再后来，但丁把这些诗收集在一起，用散文说明每首诗的动因，取名为《新生》加以出版。他甚至把比阿特丽丝看作是上帝派来拯救他灵魂的天使。从此，比阿特丽丝成为但丁作品中具有独特象征意义的理想人物。
2. 弗朗西斯科·彼特拉克（Francesco Petrarca，1304—1374），意大利学者、诗人，文艺复兴时期的第一个人文主义者，享有"文艺复兴之父"的美誉。他以十四行诗著称于世，为欧洲抒情诗的发展开辟了道路，又被后世尊为"诗圣"，与但丁、薄伽丘并称意大利文学史上的"三颗巨星"。劳琳，彼特拉克倾慕的恋人，彼特拉克为她写下了一系列脍炙人口的抒情诗。

根本不会想到（至少不会这么快想到）她懂得那些事。但是你看，她在他滚烫的耳根处悄悄地说着那事儿。片刻之间，他们成了"名副其实的情人"。

他们辗转于一个又一个的汽车旅馆，进行着穿越式的旅行。斗士城，科罗拉多州！凤凰城，亚利桑那州！伯恩斯，俄亥俄州！他计划着、梦想着，疯狂地爱着她。而她，这只小妖精，总是"残忍而狡猾"地说他是"无可救药的死亨伯特"，她容易陷入"绝望和绝望中的冥想"的诅咒之中。她喜怒无常。她捏他。她用鞋楦打他。她给他拟定了每一把通往她绚烂天堂的密钥。他得到了她的望远镜、连环画、可乐和一件透明的雨衣。但是，相对他心目中的"极乐之地"（说成她的"亨伯特之地"也许更好一点），她更喜欢"最陈旧的电影，最甜腻的奶糖"。但糟糕的是，"在汉堡包和亨堡包之间，她总是无情而绝对地支持前者。没有什么比被爱慕的女孩更加残忍的了"。

他们品尝了禁果。她会尖叫、会咒骂、会哭泣。一到冰冷的晚上（那是"天堂里的冰川"），他就要对抗"那些悔恨，那些罪孽，卑微的爱和那绝望的感官的和谐"。他毫不吝惜长辈的吻；他抚摸她微黄的小脚；他舔舐她咸咸的睫毛；他哄她睡觉。"我爱你。我是一头五足的野兽，但是，mais je t'aimais, je t'aimais（法语，我爱你）！我无耻，我残酷，我肮脏，我有一万个不好，但是我爱你，我爱你！我的小姑娘，有时我也知道你的感受，这真让我难过。女孩洛丽塔，勇敢的多莉·席勒。"

然而洛丽塔却在玩着一个脚踏两船的游戏。她有第二个情人，他像幽灵一样徘徊在他们凶险的路上。她的第二个情人很狡猾，他在旅馆的登记簿上设置了朦胧的线索："威尔·布朗，德洛丽丝，科罗拉多州","哈罗德·哈兹,多穆斯通,亚利桑那州,""特德·亨特,凯恩,新罕布什尔州"。直到某一天,亨伯特的情敌突然把他的卡门[1]夺走。

三年过去了。亨伯特沉溺于痛苦之中。一天早上,他收到一封多莉·席勒寄来的信,她在信里说她现在已经结婚并且怀有身孕,她请求他能给她一笔钱。很快,他驱车来到她在碳山的小屋。她慢慢地打开房门……"她就在那儿,面容憔悴,双手变得骨瘦如柴、青筋显露,雪白的手臂上长满了鸡皮疙瘩,耳朵薄薄的,腋窝不整洁。她就在那儿(我的洛丽塔!),正处在无可救药的17岁……我看着,看着她,清楚地知道我爱她胜过了这世界上我所见到过的、想象过的任何东西和期望过要去的任何地方,就像我清楚地知道我就要死了一样。"

就在这里,就在这一刻,奏响了永恒的(却是只为一方倾斜的)、充满激情的、甜美而又不幸的、深入骨髓的乐章。

故事的结尾是一个充满诗意和正义感的典型文字实例,亨伯特向诡计多端的情敌展开了报复,而后以罪人之身在拘留所里写下了几行语无伦次、不掩柔情的句子:"洛丽塔,我的生命之光,我的欲望之火。我的罪孽,我的灵魂。"

约翰·镭写的前言,恰到好处地提醒了我们。洛丽塔被扼杀在了摇篮里。一切的婚姻都落入虚伪,所有的妻子都惨遭扼杀,只剩下美丽的少女洛丽塔。只有洛丽塔,为那个疯狂的男子披上了语言之甲。

---

[1] 卡门,法国现实主义作家普罗斯佩·梅里美(Prosper Merimee,1803—1870)塑造的一个举世闻名的人物形象。这是一个吉普赛女人,她大胆泼辣、敢作敢为、自由奔放,同时又妖艳、放荡、轻浮,甚至有着某些邪恶的习性。

致命的疯狂之爱

纳博科夫毫不含糊地说:"《洛丽塔》不受道德羁绊。"他强烈地相信,在小说的凸镜里从来没有道德的蓄积。小说里没有要吸取的教训。文学作品是一位狂人的杰作,是正在上演的激动人心的艺术,是再造的伊甸园。在那里,上帝不再存在,本能的爱欲不被排斥。"到目前为止,"纳博科夫由衷地写道,小说的存在只是"为我带来一些可以被直接称为审美极乐的东西。那是一种感觉。这感觉与其他一些情形有着某种程度和某些方面的关联,那些情形以艺术为典范(好奇心,柔情,亲切,狂喜)"。真正重要的是感官和视觉上的狂喜——比如一只赤裸的脚踏进湿漉漉的草地,一条青蛇盘曲在盥洗盆上,一张嘴在情人的各色渴望面前弯曲。

当我读第二本纳博科夫的小说《阿达》的时候(异常平静,卧在床上,四肢交叉,脚趾也舒展开来),我会在脑中设想出书中的明暗角色。

这是我看到的、听到的故事。

阿达,凡,瓦尼亚达,尼尔瓦娜。"达",俄语中"是"的意思。她的轻声耳语,道出了阿迪斯公园凉亭里的第一个夏天。"阿达"里欢快的"达",在发音时"以俄语的方式加上了两个沉重的'阿'"。懵懂的少年凡和阿达在客厅烛光的阴影里做爱,一个欲火燃烧的夜晚,那晚家里人都已经出去了。凡和阿达,一个14岁,一个12岁。开始时还是堂兄妹,后来发现是亲兄妹,这对德蒙和玛丽娜的孩子,生在一颗名为反星的兄妹行星上。("乱伦!"这个词宿命般地降落在这个名为弗拉维塔的游戏上。)

在和阿达一起的懵懂时期,凡感受到了"一道无坚不摧的虚空之光和一层无懈可击的阴影之纱"。这种空白的另一头是他那柔弱的堂妹"性感、吹弹可破的皮肤……她生硬的动作,她那如瞪羚吃的草一般的味道,她突然睁大黑色双眼带来的凝视的目光,她裙下那充满乡土气息的胴体",如此绝对地与众不同,却又如此惹人爱的熟悉。那纤细的手指的映像,一道奇迹般对称的胎记……他是多么地渴望她!他梦想着触摸那浮动的镜像,那是她的天赋异禀。

当然,他引诱了他的阿达。在阁楼上,在凉亭里,他审视着他的罪孽、他的灵魂和他的堂妹。在丛林中,在凉亭里,在地毯上,在围毯上,他渴望着满足他妹妹那恶魔般的欲望。时间跃过了一阵颤悸,"事实"被抛到了九霄云外。"这不足以说明,在和阿达做爱的过程中,他觉察到了痛楚,觉察到了她'湿润的下体',觉察到了那种至高无上的'事实'所带来的疼痛。事实——不如说'是'事实——失去了那对爪子般的引号……一两阵痉挛之后,他清醒过来。那全新的赤裸裸的现实不需要触手,也不需要支撑。片刻之后,再次重演,频繁往复,好像他俩的体力足够支撑他们频繁地做爱一样。"事实,不再是那些即将到来的日子所需面对的问题,也不再是那些胡言乱语和习惯,而是由阿达的脱俗本质所揭示出的更高程度的真实。

然而,在凡和阿达的极乐园里,在阿迪斯的"果园和兰花丛"里,在苹果绿的天堂里(在那里,"即使是古怪的警官也被乱伦的魅力所蛊惑";在那里,只有一块阴影在无声逼近),是一个

第五章 | 六名疯狂帽商的幸福总结

红发女孩,一个乖戾的孩子,一个抽泣着的同母异父的妹妹。是阿达的初中三年。

在一些细节方面,费恩姐妹看起来很像:"两姐妹的门牙有点偏大,下唇过肥,不太符合理想中的冷艳之美。这两个女孩的鼻子一直有点堵,所以她们(特别是后来,一个15岁、一个12岁时)看上去都有点昏昏沉沉。"然而,不像那个"体毛密布"的阿达,路赛特只在腋窝下"有些许明亮的绒毛,她的雨衣上布满了紫铜色的灰尘"。

热烈的阿达所尝试的所有事情,路赛特都急切地尾随其后。所以自然而然,那个可怜的路赛特("一种直觉的混合,呆头呆脑,天真而狡猾")疯狂地爱上了凡——"那个不可抗拒的家伙,那个偶然成为她同母异父的哥哥的人。"从最初阿迪斯的那个夏天开始,她就鬼鬼祟祟,开始揣度,开始不由自主地窥探。她快步地走动,她悄悄地跟踪,她敲响了关闭的门。他们用跳绳把她绑在树上,他们把她扔进灌木丛里让她消失。他们把她放在浴缸里,然后在储藏室里享受片刻的欢愉。他们哄诱她学习诗歌,唆使她蹑手蹑脚地进入婴儿房。"我们被路赛特监视着,有一天我会掐死她。"阿达先发制人地说。很快,路赛特变成了一道颤动的阴影、一道绿色的虹晕,秘密窥视着他们的幽会。

有时候,他们也允许她加入他们的游戏,但也只是游戏的一部分而已。阿达。她在一棵树下亲吻了凡。反过来,宠物就是用来被宠爱的,而当凡出游的时候阿达就把她的爱给了露西尔。(注意,关于"乱伦"的生物学难题可以这样解决:"尽管凡很勇猛,可他却不能生育。")在过滤了杂质的"纯粹欢愉和田园牧歌式的纯真中",阿达随心所欲地畅游着。

几年过去了，孩子们长大了。

路赛特现在已经是一位小姐，而且永远只是半个处女（"一半妓女，一半少女"），她仍然无可救药地爱着凡："我崇拜你（obozhayu[1]），我崇拜你，我崇拜你，我对你的崇拜比对生命的崇拜还深刻。我渴望着你（tebya[2], tebya），我无可救药地渴望着你（ya toskuyu po tebe nevĭnosimo[3]）。"凡拍打着她"杏花色的前臂"。但是，他并不会去拥有路赛特，尽管他声称欣赏她，把她当作一只绿色的"天堂鸟"。她颤抖着，狂怒地吼着"我要的是凡，并不是无形的崇拜——""无形？你这个笨蛋。你可以测量它，你可以戴着手套用指关节轻轻触碰它。我是说用指关节。我是说只一下。那就对了。我不能吻你。哪怕只是亲吻你灼热的脸庞。再见了，宠物。"

总共就一个晚上，那是在曼哈顿的一个闷热的夜晚，可以说他们的确做爱了。大部分时候，阿达和凡都会抚摸这位红狐般的妹妹。"从路赛特那双琥珀色双眼里射出的火焰穿透了夹带着阿达气味和热情的夜晚，停留在凡爱欲的临界阀值。欲望，罪孽，爱意，纤长的手指，都是那两个邪恶的年轻人在爱抚他们的床伴。"路赛特憔悴了，她喘息着，但是她是不能够进入伊甸园的。她是那只心痛的鸟，注定了只能俯视他们的乐园。她是那只从他们兄妹的乐园里被丢弃出来的孤独的绿眼生物。

最后一个夜晚泛着水晶般的蓝色光泽，路赛特在一艘横渡大

---

1. Obozhayu，俄语 Обожаю（爱）的读音。
2. Tebya，俄语 Тебя（您）的读音。
3. ya toskuyu po tebe nevĭnosimo，俄语 Я Тоскую по Тебе nevĭnosimo（我无可救药地渴望着你）的读音。

西洋的邮轮上表达了对凡的爱意。她说她喜欢荷兰人和弗兰德人的绘画，她喜欢花，喜欢食物，喜欢莎士比亚，喜欢购物，然而她真正感受到的却是"一道纤薄的隔阂"，在那之下，只有凡的形象在虚无之中闪闪发光。那晚，她自杀了，在最后一次尝试之后，她跳下了邮轮。"冰冷、惨白、咸咸的海水拍打着，她随着海水的每一次节拍涌上一阵阵茴香味的干呕，恶心来得越来越快，她的脖颈和肩膀开始麻木。她逐渐失去了知觉。她认为是时候告诉那渐行渐远的路赛特们——让她们在消退的魔幻晶球里把它传递下去——死亡不过是更细分、更无尽的孤独。"

阿达和凡被过往的黑暗席卷。阿达说她不知道这样的惨剧竟会发生在阿迪斯，事实上她也无法知道。在那个时候，凡和阿达·费恩的父亲德蒙发现了这场混乱的乱伦之恋。她承认了。他也承认了。（"总之，我想我大概已拥有她一千次了。她就是我的整个生命。"）她嫁给了亚利桑那一个养牛的人。他睡过了反星上的每一个妓女。他们向他们的父亲发誓永不相见。当然，在养牛人和露西尔死后，他们又见面了。他们仍然爱着彼此。事实上，他们比以前更爱彼此了，那些日子成了见证："他们长达 21 年的爱情走到了巅峰，它复杂而凶险，岁月给它带来了不可言喻的光亮。"

过了很久，阿达已经成了寡妇，凡已经 97 岁，病痛把整个人折磨得扭曲，他正等着注射吗啡。一个秋天的早晨，阿达对脾气暴躁的老凡说："哦，凡，哦，凡，我们不够爱她，她才是你该娶的那个，那个穿着黑色的芭蕾舞服，坐着的时候要把脚翘在石栏上的人，你娶了她一切就都好了——我就可以和你一起待在阿迪斯礼堂，而不是得到这些廉价的幸福，也就不会发生逼死她的事了！"在阿迪斯格子架走廊的下面，是天堂里的微光，是对黑暗和悔恨的宽恕。他们并不完全懂得它。然而，现在——这个"光彩夺目的'现在'"——他们的快乐高耸于他们最痛苦时段的幕布上。有了这种画里的深绿色阴影，有了这种与生俱来的残忍，也许为了所有疯狂的恋人们所体会的那种极度快乐，阿达和凡退回到了他们自己持续了将近一个世纪的非凡爱情里，"回到了那本终结的书里，回到了伊甸园或者地狱，回到了书里的散文和诗歌的简介里"。

第六章

穿越透明深渊的幸福

（作者失去一切，读者突然离题）

蒙特勒的闲适晚上,德米特里坐在他家的露台上,凝视着泛着微光的日内瓦湖,他的神情少有的严肃,他的眼光深邃,闪着深蓝色的光泽。提到他父亲的时候,和往常一样,他说的是"纳博科夫"(以俄语的方式发音:纳-博科-夫)。"纳-博科-夫最大的三个损失是什么呢?"他用洪亮的声音说道。太阳就要沉入湖里,白日下的最后一群黑鸭在即将消失的水平线上轻声哀鸣。每当我注视这华丽的情景,心里就会溜进一丝不安,这是一种压抑的感觉,一种无助的感觉,就好像要求我对于美做出一种不可能做出的精准总结。此时我怀着这种不安静静地坐在德米特里的身边,努力地记录着关于那个日落的最后痕迹。我想猛地俯身抓住它,抓住它的色彩,和它的神韵合而为一。我看了又看,我感到自己完全被隔绝在外,直到在一刹那——意料之外、神迹一般——被迎进那和谐里。它苛求的

美是"在我正北方向的快乐岛屿"。

然而,即便在我顺水漂流之时,湖畔的景观和那轮化于天际的夕阳一道,被留给了我尚未拆封的思绪(必须读作"落日的残迹"……那是一轮俄国落日吗?瑞士的落日和蓝天鹅出现在了《阿达》的结尾……这面湖和半世纪前看起来有什么不同吗?纳博科夫曾经去过它最远的湖岸吗?那也许是一个岛,岛内满是独有的蝴蝶和植株?我多么希望能够知道它们的名字,多么希望能区分每一只幼虫和每一种植物的汁液……),我忽然听到德米特里低沉的声音从左侧的远处传来,他的声音把我惊回当下。

少年时代!

1919年4月,在纳博科夫快满20岁时,弗拉基米尔登上了一艘名叫希望的干果货船逃离了俄国。布尔什维克在岸上开火,船畏畏缩缩地驶进了深蓝色的海里;那时,父亲和儿子正在甲板上对阵象棋。纳博科夫父子没有在君士坦丁堡下船,而是在雅典。弗拉基米尔再也见不到俄国了。("塔玛拉,俄罗斯,野树林升级成为古老的花园……当我们每年从镇上回国避暑,亲近山区和那绝美的橡木时,母亲伏倒在地亲吻土地的画面。"童年,在一个清晨被洒脱地抛向了大海。)过了雅典,就是伦敦,接着是柏林,然后是剑桥大学,他在那里把他最喜爱的英语书籍之一《爱丽丝梦游仙境》翻译成了 *Anya v strane chudes*[1]。之后他又一次回到了那个他从未喜欢过的柏林,在那里过了14年半背井离乡

---

1. Anya v strane chudes,俄语 Аня в стране чудес(爱丽丝梦游仙境)的读音。

的流亡生活,其间他从来没有全心全意地学过德语。经历了这一切,他仍然回望着北方,深受俄国那强烈的魔咒、那奇妙的探险、那些银桦和迷雾下的沼泽,以及北方蝴蝶的影响。

父亲!

在举家飞离俄国三年之后,纳博科夫的父亲在一场极端右翼分子制造的暗杀中遇害。那是一次白俄罗斯民主党的政治集会,弗拉基米尔·德米特里耶维奇英勇地跳出来阻止枪手的射击,却在摩擦中遇难身亡。那一夜之后,纳博科夫最后的青年时代就此尘封。当时,他正在柏林的公寓里读亚历山大·勃洛克[1]的散文给母亲听——那些散文把佛罗伦萨比作"一道烟雾弥漫的虹膜"——电话突然响了。一辆车从黑暗中奔来。城市在弗拉基米尔和他母亲的眼中掠过。他们来到了礼堂。他的母亲发出了一声沉寂的尖叫,"怎么会这样?"几个小时之前,就在早班火车上,他还用手指在雾蒙蒙的车窗上写下了幸福这个词。他还看着那些笔画在窗户上依次落下。他的父亲将被葬在柏林。"父亲不在了。"他在日记中写道。

俄国!

1938年,住在巴黎一个小公寓里的纳博科夫写下了第一本

---

[1] 亚历山大·勃洛克(1880—1921),俄国象征主义诗歌流派的代表人物。

英语小说《塞巴斯蒂安·奈特的真实生活》[1],同时体验着一种奇特的痛苦。他让他那"运用自如、丰富、无限温顺的俄国母语成了英语的一个二级品牌"。这是他"个人的悲剧"。他请求露西·列昂·诺埃尔纠正他的手稿并且检查他的句式和语法,她是一位美国女人,也是乔伊斯的好朋友。在那张乔伊斯写出《芬尼根守夜人》[2]的桌子上,他们对其进行了检查与纠正。露西后来说道:"小说的大部分篇章读起来都出奇的通顺。"但是在纳博科夫的头脑里仍然保留着两部俄语作品,他同时也坚信自己一定会回归母语——就在他打算放弃这门语言的时候,它却变得极为精准。然而几年之后,他对俄语似乎有些遗忘了,于是写起了一些英文诗歌:

> ahla 和 ili 里的流音[3],
> 奥尼亚的山洞,阿尔泰山的夜晚,
> 声音的黑池只为睡莲提供"1"秒。
> 被我碰过的空杯还在叮当作响,

---

1. 《塞巴斯蒂安·奈特的真实生活》(*The Real Life of Sebastian Knight*),纳博科夫的第一部英语小说,一部寻找作家踪迹、发现作家灵魂奥秘的仿传记体小说,带有强烈的自传色彩。评论界认为,这是《微暗的火》的试验性文本,一部被忽视了的伟大之作。
2. 《芬尼根守夜人》(*Finnegans Wake*),乔伊斯的最后一部长篇小说,书名来自民歌《芬尼根的守尸礼》。这是一部以都柏林近郊一家酒店老板伊厄威克(Earwicker)的潜意识和梦幻为线索,用梦一样的语言写成的梦幻般的作品。乔伊斯借用意大利18世纪思想家维柯(Vico,1668—1744)关于世界在四种不同社会形态中循环的观点,在此框架中展开庞杂的内容,企图通过伊厄威尔的梦境来概括人类的全部历史。著名的物理学术语"夸克"(quark)一词,就源自本书。
3. 流音,语言学术语,指所有不属于半元音的近音,包括边流音和非边音流音两类。在语音上,它们不能与某一特定元音作对应。

> 但如今它却被一张手掌遮掩,死去……

他笑着把那令人眩晕的语言切换比作"在一个没有星光的夜晚,从一座黑暗的房子搬到另一座黑暗的房子"。

我常常想着这样的痛苦:独白穿过纳博科夫用来写作的那只手的脉搏,穿过他最明媚的青春线。德米特里偶尔会提到这些。某个世界里暗自发生的琐事以一连串省略号的方式浮现:在德国那些年的刺耳旋律,和他在孩提时代所了解的情况相距甚远的灰暗冬天,那些再也无法预知的生命的不确定因素。

然而接下来,他还能饶有兴致地把他的眼光放在事物上,细致地打量,渴求着幸福。

像是对一部无声电影进行奇怪的、粗糙的剪辑,我仍然忘不了纳博科夫在柏林时的另外一些样子。

他逼迫自己去银行工作,可是只坚持了三个小时。他去辅导法语、英语、俄语,却从来不超时,哪怕是一分钟。他写了一本俄语的语法书,书里的第一个练习是:"Madam, ya doktor, vot banan。"[1]("小姐,我就是医生,这里有一根香蕉。")他教授网球和拳击。他英俊而修长。他在一部德国电影里饰演一个路人甲。他在署名的时候写的是西林。短裤上写的是瓦洛佳。

---

[1] Madam, ya doktor, vot banan, 俄语 Мадам, я доктор, вот банана(小姐,我就是医生,这里有一根香蕉)的读音。

他用紫色的墨水对《斩首之邀》[1]进行修改。他写作的时候只看书，从不看那些纸页。他从来不买书，只在书店里站着看。他在电车上见到过卡夫卡[2]——或者说，是当他在几年之后，偶然看到一张关于"那些最不寻常的眼睛"的照片时，自认为看见过——他很穷困，非常穷困。

纳博科夫叫一个精通文学的人给他写个评论：

一个……作者（美化和润色）
才华横溢！移民们的骄傲！
风格新颖！
还被授予了专项基金！

同一时期还有另一些镜头：纳博科夫穿着磨破的裤子；纳博科夫去寻求工作，他说他可以到任何地方：加拿大、印度或是南非！纳博科夫在美国收到了俄罗斯文学基金会提供的20美元创作基金；纳博科夫愉快地加入了法国南部的乡村劳动；纳博科夫在马赛的港口和俄罗斯水手一起吃饭；纳博科夫在巴黎吃晚饭的时候遇到了乔伊斯，还留下了糟糕的印象。纳博科夫

---

[1]《斩首之邀》（*Invitation to a Beheading*），纳博科夫早期作品，反乌托邦小说代表作。它以"时间之狱"理论为依托，展示非理性世界中光怪陆离的各种幻象，揭示身陷其间的人类莫可名状的生存空间和生活方式，以此讽喻极权统治下卡夫卡式黑色滑稽悲剧的不可避免，反映了作者对时间的一种独特理解方式。
[2] 弗兰兹·卡夫卡（Franz Kafka, 1883—1924），奥地利表现主义作家，欧洲存在主义大师，20世纪最有世界影响力的德语小说家，西方现代派文学的主要奠基人之一。《变形记》是其代表作，它比较完整地体现出卡夫卡的思想深度与创造特点，代表了卡夫卡艺术创作的最高成就，堪称西方现代主义文学作品中的经典。

把手提箱放在一个巴黎人废弃了的浴室的坐浴盆上,写下了《真实的生活》[1]。

"那些最不寻常的眼睛……"是卡夫卡的,但也是属于他自己的。我沉迷于想象那些眼睛,想象纳博科夫的眼睛凝视着卡夫卡的眼睛,想象在那个不太真实的午后,这两道目光(一道是琥珀色,一道是青黑色)的简短碰撞究竟表达了什么。

乡村劳动者。(法国,布里奥葡萄园,1923年春夏之际,©德米特里·纳博科夫)

我的外祖父外祖母住在大战之前的欧洲,和他处于同一个时期。在镜中的反影里:首先是巴黎,然后是柏林,时间大概是在1923年到1939年。而就在我努力去设想纳博科夫在德国那几年的样子时,我开始想象,大约在1935年,当他在电车里着迷地看着卡夫卡时,我好奇的外祖母会不会刚好在镇上的小街上游荡着,然后偶然地瞥见了年轻时候的纳博科夫。我喜欢画她在战前黑白的柏林街道上走路的样子,还有挂在城市屋顶上的深色铅盖。尽管她独

1.《真实的生活》(The Real Life),即《塞巴斯蒂安·奈特的真实生活》。

自一人，她却并不害怕（至少她是这样告诉自己的）。在一个隆冬的日子里，她漫步在低矮的街道上，那些街窗成为一连串模糊的框架，她感觉这框架背后的每一处都散发着人性的微光。她在街灯被点亮前看了一眼天空，随着云层的消散，珠母云也缓缓地浮现了出来。夜逼近了，她开始加快脚步，她几乎是在柏油路上拽着腿走。走到街道的转角，她看见了一扇小小的门和窗户——那也许是一个工匠的工作室或是一间失修的店铺。她看见一个四肢疲乏的年轻人，把眼镜推到前额上，他琥珀色的眼睛正透过窗户窥视一些她无法分辨的东西。他那怪异的凝视目光吸引了她的注意，他眼光中散发出奇妙的光彩，触进他自己的映像里，一个世界顿时消失了。在这个有着吞噬力的阴暗里，有一道闪烁不定的琥珀色的光芒。

在写下这些文字的几周之后，我心里迸发出一丝雀跃，这时我偶然看到了纳博科夫那篇几乎被遗忘了的文章——《尼古拉·果戈理》[1]里的一段话：

> 我们有时会梦到毫不相关的人，一个偶然遇到的旅

---

[1] 《尼古拉·果戈理》（*Nikolai Gogol*）不是一部传记，而是一部评论。作为一本研究果戈理的著作，它无意面面俱到，而是选取果戈理作品中纳博科夫最看重的部分进行分析。在纳博科夫眼中，众多评论家和无数读者所推崇的果戈理的喜剧性的天才荡然无存，他体味到的是深藏于喜剧色彩之后的沉甸甸的悲伤，以及作者江郎才尽时的焦虑与挣扎。纳博科夫不仅是一个创造性的作家，也是一个创造性的读者。有论者称：在英语世界里为果戈理所做的贡献，《尼古拉·果戈理》胜过任何其他作品。尼古拉·瓦西里耶维奇·果戈理（Nikolai Vasilievich Gogol，1809—1852），19世纪前半叶俄罗斯最伟大的作家，俄国象征主义文学流派的源头，批判现实主义文学的奠基人，代表作是长篇小说《死魂灵》和讽刺喜剧《钦差大臣》。

友,或者类似这样一些不起眼的人,此后我们再也没见过他们。人们可以想象一下,在1875年的波士顿,一个退休商人很自然地对他的妻子说他梦到有一天晚上他和一位年轻的俄国人或波兰人在一起,他年轻时曾在德国见过那个人,当时他在一个古玩店里买钟和斗篷。

回到德国,余下故事的卷轴即将展开。纳博科夫在柏林遇到了薇拉,并于1925年和她结婚。他们挤在一个非常狭小的空间里,1934年德米特里出生以后空间就更加狭窄了。纳博科夫担心着下一天的生计。政治形势也不容乐观。薇拉是犹太人,自1932年纳粹党赢得德国议会以后,想取得移民护照就变得极其困难。1936年春天,令纳博科夫一家惊愕的是,命运弄人,那个受尽唾骂的比斯卡普斯基将军竟被任命为希特勒政府处理俄国移民事物的长官。他把杀害纳博科夫父亲的凶手瑟尔基·塔波利斯基任命为他的副官。

纳博科夫尽快搬去了法国,去那里找工作。1937年夏天薇拉和德米特里也一道过来了。1940年5月,当战争开始蔓延到东部边界的时候,纳博科夫一家在犹太人援助组织的资助下成功逃离。几天之后,德国的坦克就开进了法国首都。纳博科夫把一些纸页,两份手稿,还有一套精美的欧洲蝴蝶标本遗留在了地下室里。在他离开以后,德国人还朝那个地下室开了几枪。他留下的纸页洒落一地,被一个犹太女人保存了下来,她的叔叔是纳博科夫的一个好朋友——他死在了集中营里。三个星期后,整栋建筑被摧毁了。

刚好,那时的纳博科夫受雇去斯坦福大学教写作,于是一家人坐上尚普兰号客轮来到了美国。他们本来预订的是下一趟船,但是他们偶然买到了早一班船的最后几张船票。尚普兰号在下一班航程中被德国潜水艇击沉了。准确地说,这二十年来,是命运的迂回婉转让纳博科夫逃过了来自纳粹党等各种邪恶势力的追杀。但他的母亲1939年死在了布拉格,纳博科夫当时却不在她的身边。等到纳博科夫成功地把他的妻子和儿子从席卷欧洲的褐色浪潮中解救出来时,捷克斯洛伐克已经被纳粹占领很久了。纳博科夫还失去了他的弟弟谢尔盖——一个公开的同性恋,他在德国军营里死于饥饿和疲劳。

克里米亚,柏林,巴黎,纳博科夫一路向西,朝美国飞去。这是一个朝气蓬勃的时代。历史在风起云涌之间无意地造就了这一切。然而,流放的经历适时地给予了纳博科夫"让人晕厥的一脚",让他"几世都不会忘却"。远处,那些在过去被摧毁的东西、被尘封的童年,宛如玻璃球里飘飞的雪花……他回头看着北边的城市,发现那个城市竟比他年轻时所见的还要阴霾。"思乡之情一直追随着我,它已经成了一种感官上的奇特问题。"思乡之情编织出了他散文里那变幻斑

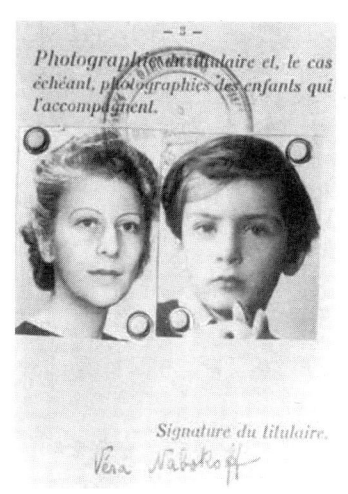

难民证,1940年4月。(法国,巴黎,1940年4月,©德米特里·纳博科夫)

澜的神韵：柔韧的线条，相拥而眠的薄纱，越深远，越柔和。

几年前，自他们一家搬到克里米亚南部的高斯普拉之后，思乡之情就一直伴随在弗拉基米尔的左右。那里的一切都与俄国无关。蓝色的乡村尖塔，"克里米亚松林里的大尾绵羊"，"正宗巴格达"驴子的叫声，这一切映衬着祷告者的晚颂，引发了弗拉基米尔最初的思乡之痛。他童年时候也有这样的先例，那是在他离开维纳，于比亚里茨和柏林待着的那几个月。这一种感觉在克里米亚被放大了，在这里，露西亚·舒丽的模样，她的信，她对维纳的思念，在他的回忆里举足轻重。（直到他写下他的第一部小说《玛丽》[1]，这部对于俄国初恋那魂牵梦绕的记忆之时，他才承认，这种失去祖国和露西亚的悲痛一直紧扣在他的灵魂里。）

然而，随着时间流逝，他对俄国的记忆明显超越了俄国本身。就像遗忘了很久的人再度走入在我们的梦境，那些消失的痕迹掀开时间的面纱被神秘地召回。在德国，每当想到维纳，他都会感到一阵令人颤动的欣喜。洁白的茉莉，绽放出馨香，美好的秋日，都能使他回想起他的童年。"今天我感到无限地快乐，却又如此地激动和悲伤，"1921年，他在给母亲的一封信中写下了这样的句子。

在接下来的一天早上，他突然发现，时间——包括流亡的路上——敲响了它那隐秘的钟表。弗拉基米尔在布拉格探望他母

---

[1]《玛丽》（Mary），俄文原名《玛申卡》（Машенка），纳博科夫的第一部小说。作者借主人公加宁对故国初恋故事的回忆，将以普希金为代表的俄罗斯文学中宏大的抒情传统燃烧殆尽，完成了时间弧度上精神和身体的双重流亡。因此，它既是对初恋的回望和告别，也是对白桦树叶瑟瑟声响的回望和告别，更是对故国之爱的恋恋不舍的回望和告别。可以这样说，在纳博科夫的所有作品中，《玛丽》有着独一无二的地位——它告诉这个世界，一位天才小说家从此诞生。

亲的时候,"那种在时间面前无意感受到的最初的阵痛,又一次带上了它熟悉的面具",即便她正在衰老。突然想到了很久以前,埃莲娜·伊万诺夫娜教会他的那个秘诀,似乎正是为了迎接那转瞬就要到来的失去。她教会他用最敏锐的眼光去观察,教会他去记忆。他们努力一想,迅速把维纳置于一个光环中,这个光环比它从前可能获得的光环更加明亮。他们乘着一辆飞速前往圣彼得堡的晚间列车,偷偷穿越了国界。"如此一来,我通过一种方式得到了一轮精美的影像——美丽的虚幻庄园,已不真实的资产——这很好地训练了我对之后的那些得失的承受力。"

　　回不去了。既然从那些革命、战争和集权专制永夜的痛苦中存活了下来,就意味着那相伴左右的明亮记忆,也许只能被当前真实的俄国扑灭。"我几乎不能想象,当我真正地再看一眼过去在我身边的东西时,它们将会是什么样子……"站在柏夏亚·莫斯卡亚47号的门前,站在他家粉红色的花岗岩门廊之前,纳博科夫显得闷闷不乐,眉毛一高一低地皱着,戏谑的神情已经在他的眼里消失了。他的眼神是苍灰色的,他的双唇僵硬发黄。(战后辛苦重建起来的列宁格勒,在他眼里仿若一场凶险的戏剧。)古老的栅栏向那污迹斑斑的粉色花岗石炫耀着它钢铁般坚硬的牙齿,栽种于10年之前的树丛旁边立着一个标牌,标牌上写着:待售——文化局。

　　回不去了。就像我的父亲再也回不去了那样,纳博科夫再也没有回去过。他不断告诉我"如今已是另一个地方"。但我知道,他仍然在每一个熟睡的梦里,听风吹过高原,吹过野山莓,吹过自己骑乘的小马。

穿过生命里的透明深渊，我们扭头找寻过去的彼岸。因为我们再也不能，再也不能清楚地看到过去的一切，于是我们想象着新的桅杆，然后故作清闲地横荡在水面。记忆如此安静，却变得比过去更加明亮，它孤立无援却闪耀着光辉。

第七章

幸福,逆时针

(作者虚构了一个天堂,读者切实地跳了进去)

镜子闪烁着光亮；
一只黄蜂飞进屋来，在天花板上乱撞。
万物显露出它该有的模样，
不会改变，不会死亡。

我又坐在我的桌旁，有一瞬间，我意识到我一直忽略了一个轻微的弧度。就像在开始某件事时会有一阵轻微的晕眩，却也并非完全带来不快。

我感觉到脚下的大地正在慢慢地让开。我想知道他的领域和我的领域之间的界限，却不再确定我的反复无常的指针究竟指向何处。我正一寸一寸地进入陌生的水域（或者看起来是这样），它比我一开始着手写下这个故事时想要探索的水域更加陌生。我放下笔，闭上眼睛——我在哪里呢？

失去，残忍的时间，可耻的痛苦，死亡奥秘的一瞥。这些都是意识的罪赎。"世界上不计其数的柔情……或是压碎，或是消融，或是变成狂热，这就是它的命运。"

然而，伴随着这种狂热的就是幸福的愿景。

他写道："地球上第一个意识到时间的生物是第一个微笑的

生物。"这个纯洁而质朴的笑容，我想，它的"Zaychik"[1]，它的"光点"（不仅仅是它的存在，还有它的质朴），是他世界里——或许还有《阿达》的世界里——的水下景色。它是纳博科夫对时间的纹理和幸福的真谛之总括。

"我们能够知道是什么时候，我们可以知道一个时间。但我们不可能懂得时间。"阿达说，"我们的感官不是用来观察它的。就像——我们接下来要听到的故事。"

纳博科夫相信时间不会流动。"我们感觉它在动，只因它是成长和转变发生的媒介；或者就像终点站一样，是事件的终止。"然而不管怎样，时间是纹丝不动的。"80年一晃而过——就像为魔灯换一块灯片那样简单容易。"时间溜走，一刻不停地溜走。线性的速度，不过幻境。

然而，真实也许并非恒久不变，即便我们坚信它的美丽迷人。在阿迪斯公园的灌木丛里，阿达紧挨着凡坐在苔藓之上，沉浸在迷恋的最初阵痛里的她惊呼："可这……是真的，这是事实，这是纯粹的实相——这森林，这苔藓，你的手，我腿上的瓢虫，这些都是不能被带走的，是吗？（它将被，也曾被带走过。）这些都回到了这里，不管路途多么曲折，不管它们怎么相互捉弄，也不管它们怎样被破坏，它们都不可避免地在此邂逅！"但这不是真的，不是吗？只是在闪着绿光的记忆之境里，在用文字搭建的庇护所里，它跌宕起伏、化身成了事实。

1.Zaychik，俄语 зайчик（光点）的读音。

在托起的手上,记忆捧起了时间。

当下得以显露。

(但是,"我们却永无办法享受真实的**当下**,享受这时长为零的瞬间"!)

当下是正在成形的记忆。

(当下还有什么?)

还有爱,只有爱。它是"当下的繁盛",是"纯净记忆的叹息",是意识的包装。

或者,科学且准确地说:

$$\frac{爱+记忆}{意识} = 纳博科夫式时间$$

"吊床和蜂蜜,80 年后,他仍未忘记,他爱上阿达时那种最初的喜悦给他的青春带来的痛楚。"80 年后,凡的幸福仍然寄托在最初的那个夏天。伴随他的不是孤独的黑爪,而是持久存在的光华。"记忆在半途,于他童年伊始的时刻,邂逅了想象。94 岁的他喜欢追溯那个最初的多情夏日,他没有把它看成刚做完的一个梦,而是把它当成意识的一次再现,在服下每天的第一片药然后进入小睡之间的那个灰色时段里,是它支撑起了他。"

在爱上了阿达后,凡才偶然发现,要留住冗长的时间不是不可能的。

时间折叠了起来。遗落的只剩当下。

在一封写给父亲德蒙的信(一封他永远也不会寄出的信)中,

第七章 | 幸福，逆时针

凡写道："1884 年，在阿迪斯公园的第一个夏天，我引诱了你的女儿，那时她才 12 岁。我们热烈的情事一直持续到了我返回河路；然后，从上一个 6 月开始，它又持续了 4 年。那些幸福是我生命中最重要的事情，我一点都不后悔。"

在他年轻的时候，未来只是梦想家预见的幻象罢了。

然而未来并不存在，只有过去曾切实发生。

（纳博科夫低声说："我承认我不相信时间。"）

存在的唯有"闪光的'现在'"——这时间纹理中唯一的真实，洞穿了我们。

尽管失去了阿达，游荡在古老欧洲残破的街角的凡，还是开始享受起"那种奇特而短暂的刺激：走在陌生小镇深邃而黑暗的小路上，他清楚地知道自己什么都不会遇到，不会去救赎那些污秽无聊，贴着'比利'标签的颓废的'音乐酒吧'，也不会在意从沾满梅毒的咖啡屋里传来的嘈杂爵士乐。他多次觉得那些著名的城市、博物馆、古刑讯屋，以及空中花园都存在于他自己的狂热地图上"。他的情敌死于滑稽的谋杀，阿达嫁给了亚利桑那州的牛倌，路赛特在那个深蓝色的夜晚葬身鱼腹，在这无尽的流浪旅途中，凡仍然能感受到一阵幸福，因为阿迪斯的记忆仍然像**光点**一样跳跃在他的脑海。

一季夏日，胜过了一世百年。

（而如一位读者所言，在镜后的房间里，是一个晕眩而湿润的紫色清晨。）

时间的双手紧握。

世界又扭转到了当下。它从我的指缝间溜走,我静静地抛出了罗网。

"洁净的时间,感性的时间,可触及的时间,它没有内容,没有背景,没有实时的说辞……"

这光彩夺目的现在什么都没有失去。

一只追逐黑暗的萤火虫。

一张搭在裸露肩头的手掌。

一个举重若轻的单词。

第八章

书写幸福:一本实用手册

(作者入神地涂鸦,读者隐秘地窥探)

**一切赢来了灾难性的开始。**

15岁时,弗拉基米尔投身于第一首诗歌的创作,他在维纳的一座魔幻般的森林里看到一滴雨水正从一片心形叶片的叶脉上滑下。"末梢,叶子,洗礼,舒缓——这一切同时发生的瞬间,于我不过是遗落在时间裂痕里的一次心跳罢了。"随之而作的诚挚的诗歌是一种悲惨的混合物。而当年轻的西林发表他的第一部诗集之后,那窄小的卷帙随即落入了他偏激的老师的手中。他的老师弗拉基米尔·希皮亚斯,一位红发诗人,喜欢在吵闹的学生面前把他"强烈的讽刺"运用到华丽的诗节里。老师的表妹席莱达·希皮亚斯则是一位著名的诗人,借后来一个偶然的机会,她让弗拉基米尔的父亲告诉他:"绝对、绝对不要当一个作家。"

第八章 | 书写幸福：一本实用手册

尽管他被抛入流亡的深渊，尽管他失去了他的童年，但他仍然不屈不挠。

他不顾席莱达的建议，在 22 岁时给母亲发了一封邮件，寄去一首带着暧昧文学意象的诗歌："一夜死去一点点，我很高兴 / 又在约定的时辰坐起身来 / 翌日是天堂里的甘露 / 昨天是闪着光的钻石。"弗拉基米尔在诗歌后面附了一封信，信的内容飘荡在岁月的回声里："这首小诗是要向您证明，我的心境还是一如从前的明朗，要是我能活到 100 岁，那我的灵魂会穿着短裤，绕道而行。"他把第一部没有完成的小说，暂名为《幸福，幸福》（*Schastie[1]*, *Happiness*）。25 岁时，在《一封永远不能到达俄国的信》（*A Letter That Never Reached Russia*）中，他想象一个流浪在外的小说家给失去的爱人写信，没有去说他们的过去，只说她仍然萦绕在他现在的生活中。纳博科夫写得比以前更加贴切："世纪在轮回，学生在历史的巨变中打着呵欠；一切终将过去，但是亲爱的，我的幸福将会永存，存于朦胧街灯的映像，存于下水道石梯精致的拐角，存于一对夫妻共舞时的笑容，存于上帝用善意来包裹人类的每一件孤独事物里。"10 年之后，在纳博科夫最为绚烂的俄语小说《天赋》中，他的主人公费奥多尔打算写下一本《实用手册：怎样才能幸福》（*a practical handbook:How to Be Happy*）。一根光彩斑斓的细丝被编织成型。

1.Schastie，俄语 Счастье（幸福）的读音。

风格,成了魔法师的"迷镜"。

他摒弃了写作能够被教会的观点,他对斯坦福(这份工作让他领到在美国的第一份薪水)的学生们谨慎地提出建议:一个作家在开始写作的时候,"冷酷的常识性的怪兽会笨拙地涌来,叫嚣说这书不是为普通大众而写,这书将永远永远不会……而就在它说出'售'、'卖'二字之前,我们必须击毙这错误的常识。"事实上,纳博科夫憎恶那些"时政垃圾"(它们仿若饕餮),那些创意文学(它们鼓吹自我正义)和那些说教小说(它们表里不一)。对于施加在普通大众身上的那些专横的大众观点,他总是非常警惕,因为"所有的'大众观点'(太容易获得,太容易为了利益而被转售)都是必要地存在,但破旧的护照为它们开辟了一条从一个无知区域到另一个无知区域的捷径"。在他的眼里,伟大的文学是一项语言的壮举而非观点。即便如此,他仍不相信那种宏大的文学艺术,只相信绝对的原创艺术家,比如莎士比亚,普希金,普鲁斯特,卡夫卡,乔伊斯和他自己。因此,到最后,一位作家的真实传记不应超出于他自己故事的风格。

第八章 | 书写幸福：一本实用手册

他斟酌着自己的文字，不知疲倦。

"艺术家最先观察到的，是事物的不同之处。"在纳博科夫光亮的内部世界里，文学始于想象。他手拿一支刚削尖的铅笔，活动着四肢和躯干，在这之前，他想着一些"不在文字之中显现却存在于文字阴影之中的"意象。阴影和暮色逐渐升级成了一种象征物。"它并不是那些被记住或被允诺的激情而狡黠的笑容，而是人类幸福和无助的精致光辉。"这些被他视为柔韧"竹桥"的象征物愉快地让散文与诗歌的界限变得模糊。如诗人般的思考：那是他散文风格的印记。（在纳博科夫独到的见解中）科学家只"看见发生于空间中某一点上的所有事"，而诗人却能"感受到发生在时间中某一点上的所有事"。诗人会做这样的梦："一辆车（上着纽约牌照）沿着公路行驶；一个小孩敲响邻居阳台上的纱门；一位老人在迷雾蒙蒙的突厥斯坦果园里打着呵欠；金星上，一粒煤灰色的沙砾被风卷起；在格勒洛布尔，一位名叫雅克·赫希的法学博士带上了老花镜；以及亿万类似的琐事——一起构成了以诗人（他坐在纽约伊萨卡的一张草椅上）为核心的，由各种短暂而透明的事件构成的联合。"

他追逐着诗人的幻景,不舍昼夜。

在他的礼帽里还藏有另外一个把戏。纳博科夫对着那仔细倾听的耳朵私语,说那件事并不存在。它必须被讲出来。事实并非存于其本尊之中。它们之所以存在,是因为我们把它们描绘了出来。只有当我们把它们想象成真实生物时,它们才会存在。那些过去的东西只能重新建立。那些循规蹈矩的自传作者颠倒地望向世界,以寻求事实的时间轴线。创作是不错的主意。"华丽的虚伪。"文学捉弄着文字。记忆的冥想把多年的往事带入梦境。语言设计了时间的符号。难道纳博科夫真有一位 14 世纪的鞑靼人祖先,那位极富传奇色彩的纳博科·穆萨?难道他真的在一辆电车上见到了卡夫卡?难道他真的在夜晚的柏林桥上遇见了戴着黑缎面具向他走来的薇拉?(我们并不知道,也并不关心)。

第八章 | 书写幸福:一本实用手册

对他来说,无法讲完的故事既是折磨也是消遣。

说是一种折磨——因为人们必须在"词汇动物园"中寻觅一条活路:桀骜不驯的名词,杂乱无章的形容词,像牛叫一样的修饰,像驴叫一样的动词,马蹄般的线索,嘎吱作响的细节,小说的"翅膀和爪子"。说它是一种消遣——因为除却在高高的山坡上捕捉蝴蝶带来的兴奋,没有什么能比得上一次全新创世纪所带来的透明的喜悦。纳博科夫认为,作家可以成为老师、说书人或魔法师。真正的作家——魔法师——是一个"足以扭转星球之人"。他于天地未开之时"喊出一声'去!'就能使世界为之颤动、交融"。于是,这个魔法师重组了那些粒子,为他自己的世界画下蓝图,还为他周遭的物体赐予姓名。"那浆果是可食的。那狂奔着穿越在我道路上的斑点生物应该温顺。那条树丛间的河流该叫水蛋白,要么更艺术一些,叫净碗湖(Dishwater Lake)。那团薄雾是一座山——而这山肯定已被勇者征服。"在这一"特殊的惊喜"中,仅魔法师一人就可以表达如时间、空间这样的宏大观念,可以表达天空的色彩和季节的芳香,可以表达鼻腔的抽搐以及爱情的苦楚。而这种"特殊的惊喜"后来又编织出了专属于他的风帆。(每当把美学理论化的时候,纳博科夫大都会谈论自己。)

发明:纳博科夫最喜爱的动词之一。

他写道:"无意义的幻象才是丰饶的幻象。"无由的创造是开创性写作的动力。凡和阿达的反星如同吹拂在纳博科夫风格上的一阵透明微风。这种风格唤起了不可见之物,抓住了光明,转化着欢喜。简而言之,就像厄普迪克曾经评说的那样,纳博科夫写散文的方式是散文写作的唯一方式——那就是,超然尘外。

结合那些离散的评注……

他的风格下的纹路,他的视野里的光辉:一个"青雨绵绵的日子","便签纸上蓝色的雪花","乳白色的膝盖",一个"水晶般的睡眠"。在那令人惊叹的诗歌里,有陌生的生物潜入了画面:凡的父亲德蒙,一个上了年纪的花花公子,一个粗俗的家伙,竟变成一只梦幻的蝴蝶,"老德蒙张开他五彩的翅膀,才打开一半又缩回去了"。诗人和狂人的警告:"朱诺斯!如果我的幸福能被说出,那它那震耳欲聋的喧嚣将会占据这整座雅致的旅馆。"他们关于诱奸和骚乱的疯狂计划。兄妹交融的战栗:凡与阿达那个夏天的"淡褪及淡忘","遗落又衰落"——"是自然的最后一处胜迹,是恰如其分的头韵[1](当花和蝴蝶交相辉映),是8月末的第一次停顿,是9月初的第一次沉寂。"那轮番歌颂着的双影:是因吃太多青苹果而引发的"严重消化不良",是仆人在驱车送玛丽娜和穆勒·拉瑞维尔回家的途中因"让风自由"而被解雇。所有的这些,或者还有更多的更多,都被归结为"幸福的稳重嗡鸣"——那是活着的最好证据。

---

1. 头韵(Alliteration)是英语语言学分支文体学的重要术语,是英语语音修辞手段之一,蕴含了语言的音乐美和整齐美,使得语言声情交融、音义一体,具有很强的表现力和感染力。

哎……并非所有人都能接受他散文的风格。

当《塞巴斯蒂安·奈特的真实生活》在1941年发表之后,《纽约时报》断然宣称:"要是它们都以另一种语言说出,可能还会很不错。"几年之后,《纽约时报》的编辑们竟胡乱地把这些即将被收录进《说吧,记忆》中的章节拼凑成了"我的英语教育"和"母亲的肖像"。纳博科夫拒绝了所有的编辑,他说他更愿"曲折一点,而这正属于我自己,虽然晃眼看去很是棘手、晦涩。为什么不能让读者偶然重读某个句子呢?这又不会伤到他"。

然而,《纽约时报》的编辑们绝不放弃他们对编纂的狂热,纳博科夫则极力驳倒所有的质疑。针对他的"肖像",他回应道:"根本就没有一个叫作阿尔克的琼[1]的人,我更偏爱她的真实名字乔安娜·贞德[2]。打个比方,如果我在《纽约客》的第2500期上被称为康奈尔的沃德梅尔[3]的话,那是相当愚蠢的。所以,总的来说,如果可以的话,我还是想保留'预言式的腔调'和'乔安娜·贞德'。"但他最后遇到的却是各种各样的误解。在1942年的一场关于"艺术与常理"的巡讲中,当纳博科夫在一群妇女面前演讲完毕之后,那个领头的可敬的妇女冲上前来对他说道:"我最偏爱的就是蹩脚的英语。"

---

1. 阿尔克的琼(Joan of Arc),圣女贞德(1412—1431)的英文直译。贞德,法国军事家,民族英雄,天主教会的"圣女"。英法百年战争(1337—1453)期间,她率领法国军队对抗英军的入侵,为法国胜利做出了巨大贡献,后被宗教裁判所以"异端"和"女巫罪"判处火刑。
2. 乔安娜·贞德(Joana D'arc),圣女贞德的法文直译。
3. 纳博科夫是以自己全名的英文拼写'Vladimir Nabokov'的误读为例,讽刺人们会以自己的审美和理解来对文字进行刻意的美化和篡改。

第八章 | 书写幸福：一本实用手册

所幸，也有人觉得他的英语其实还不错。

1951年，当《说吧，记忆》的第一个版本以《确凿的证据》（*Conclusive Evidence*）为题出版之后，评论家莫里斯·毕肖普[1]在写给纳博科夫的信中说道："你的一些句子着实优秀，它们差点就要让我勃起——在我这个年纪，这还真不容易，你懂的。"

---

1. 莫里斯·毕肖普(Morris Bishop)，康奈尔大学拉丁语系主任。在研读过纳博科夫的几部作品后，莫里斯·毕肖普十分欣赏他的才华，极力邀请他去康奈尔大学教书。纳博科夫接受了莫里斯的邀请，来到康奈尔大学任斯拉夫语系副教授。在这里，纳博科夫尽展自己的才能，开设了俄罗斯文学中的高级阅读课和专题讲座课，以及讲解欧洲小说和文学大师的英文课。独特的分析视角，深厚的文学底蕴，幽默到位的讲课方式，纳博科夫的讲座给广大学生留下了深刻的印象。

当我亲自前往的时候,他已去世多年。

蒙特勒宫,16楼,一个身着工作服的女人打开了65号房门。蛛网密布的天花板下面,是一间一眼就能看完小得有些可笑的屋子。阳台上的两把铁椅放在一张狭长的桌子上,呈现出阶梯的模样,大概是想和那张纳博科夫下棋的照片相匹配。在后来的那天早上,德米特里说,一切都不一样了,那时他母亲住在63号房,父亲住在64号房——而65号房是厨房。他给我看他于他父亲去世数周后写下的文章:"那张开启他写作生涯的伟大的诵经台已然不在。而挂在桌后墙上的,是那幅没有边框、布满灰尘的弗拉·安吉利科[1]的《圣母领报》的褪色赝品,埃莲娜的舅舅从意大利将它买回,其上是单膝下跪的古板天使,似在宣读着什么。"他的父亲,曾坐在这幅画的下面,胡乱地写了一句和加百利[2]那双动人的彩虹翅膀相关的话。

---

1. 弗拉·安吉利科(Fra Angelico,1400—1455),意大利文艺复兴早期画家。《圣母领报》,或译作《天使报喜》,弗拉·安吉利科的代表作之一。
2. 《圣经》中的七大天使之一,上帝传送好消息给人类的使者。

赤橙黄绿青蓝紫。

"一切颜色都令我欣喜,即便是灰色。"

今天我看见了他。看见他正窥视着他的安吉利科兄弟,看见他正为德蒙·费恩那双张开的"又长又黑、生有蓝斑的"翅膀赋予生命;看见他眼里徘徊着一个"永恒的宽厚笑容";看见他写字的手里拿着半打白色的索引卡和两支铅笔,而他用第三支笔缓慢而狂乱地描绘出他的语言。他胡乱地写着,从一个想象中的幻灯片跳到另一个想象中的幻灯片,同时研究着已经曝光在他头脑里的胶卷。他从早上开始,就站在他的诵经台旁写他的小说;中午休息一会儿,又或坐或斜倚在他桌旁的皮椅上继续写作,直到黄昏。他很少在晚上写作,那是陪薇拉欣赏日落,或与她下象棋的时候。到了9点,他就开始看书。夏日里,他会在蒙特勒后山上捕捉蝴蝶时进行他的小说创作,闪烁的灵感就像黄粉蝶飘逸的翅膀。到了冬天,他会一边绕着日内瓦湖蓝绿色的湖水踱步,一边替他那尚未谋面的梦想家们构思着非凡的幸福。在一封写给《微暗的火》的编辑的信中,幸福瞬间就被点亮了:"我相信你会置身于这本书中,就像钻进一个蓝色的冰窟,你倒抽一口凉气,然后又钻了进去,接着(在126页左右)又浮上冰水,乘着雪橇回家。在路上,你会隐约感觉到一阵袭来的温暖,它欣慰得发麻的感觉来自我战略性安排的篝火。"

第九章

幸福的各种细节

（作者展示宏伟著作，读者炫耀精彩评论）

细节（名词）：是艺术品里鬼斧神工的一头卷发；是发现在画中画里的隐逸机密；是纳博科夫世界里迸发出的感官花火。

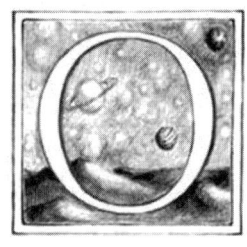

纳博科夫曾穿越流放的透明深渊，承受着失去童年、祖国和父亲的痛苦，但他仍然把自己写成幸福的人。他的写作成了他用语言表达欢乐的"情事记录"。幸运的读者得以坐上那张神奇的魔毯穿梭于光芒万丈的天空中，徜徉在明净的云朵里，注视那新奇的风景。

因为，不管故事多么纠结，不管情节多么离奇，到最后都会归结为一种特定的观看方式。在旋转的星球中没有什么事是不可能的，所有疯狂的恋人都是不朽的，而那细节就是唯一的符咒。"去爱抚那些细节吧！那些神圣的细节！"

细节示例1（《洛丽塔》）

这片热情奔放，时而宏大时而悲壮，却从未飘起过田园牧歌

第九章 | 幸福的各种细节

的美式荒野。这荒野是如此之美，美到令人心碎！它那未经雕琢和赞颂却又震慑人心的模样，是我那涂漆玩具般的瑞士村落和久负盛誉的阿尔卑斯山早已遗落的品质。在这原始山腰的平整草地里，在这软而柔韧的青青苔藓上，在一条玲珑透彻的小小溪流边，在几张古老橡木下的粗糙长凳上，以及在那大片山毛榉森林里数不尽的棚屋中，曾有无数对恋人相拥而吻。然而在这片**美国荒野**，光天化日下的情侣却难以沉醉于这种古老的罪恶和愉悦中。**有毒的植物**灼伤他心上人的屁股，叫不上名字的小虫把他咬疼；林地上的尖刺扎破他的膝盖，而她却会遭虫叮咬；周围**蟒蛇**发出的沙沙声不绝于耳——这么说吧，这声音来自**尚未绝种的恶龙**！——而那些**可怕花朵的蟹形种子**躲在**诡异的泛绿外皮**之下，似要爬上他们黑色的吊袜和湿润的白短袜。

我多少有些夸张。一个夏日正午，林木线下，那闪耀着**天国荣光**的花丛——我更乐意称其为飞燕草——开满在轻快山溪的两侧，在离我们停车百尺开外的地方，我和洛丽塔竟能发现这人迹罕至的桃源。这处坡地似乎从未有人踏足。一棵飘摇的松树站在它的岩石上大口地呼吸。一只土拨鼠冲我们吹响了口哨，然后迅速撤离。在我为洛铺好的围毯之下，是干花发出的清脆声响。有爱神来来去去。

　　亨伯特狡黠的噪音。在穿越美国那条两万七千英里路上的某一刻。在荒野上偷尝"古老的罪恶和愉悦"的某一次。这可能是《洛丽塔》中更为耀眼的段落。为了最佳的阅读体验，请将之大声地朗读出来。文字穿梭在你的唇齿之间，亲吻相拥。腔调宛如激流，来回摇摆荡漾（忧伤的——然后，田园的——然后，伪牧歌的——然后，淫荡的——然后，滑稽的——然后，阴暗的——然后，癫狂的——然后，情欲的）。

接下来，你可能会用到一支便携式望远镜。透过它剔透的玻璃，你将发现：化身为卡通形态的文字，藏在玩具的光晕下，躲在骇人的绿色里，或呈天国荣光的色彩。细节的马赛克调皮地盖住了隐藏在画面中的画面。

在一个全景视野里，带一个便携式望远镜是最好不过的。在窗檐透过镜筒，你将窥见一个摊靠在扶手椅上的读者，她翘起的双腿正放在一张脚凳上。当画面拉近，你可能还会发现一张咧嘴的傻笑，和一对闪烁的棕色眼睛。想象正在燃烧，食指滑过纸页，正是我，你的说书人，落入了拼接着镜像和噼啪情歌的亨伯特式迷宫，而裙摆褶边上的蕾丝正从维纳斯的大腿上飘然落下。就在刚才，我出土了潜藏在文字中的宝藏，当时……

啪的一声！你那质量不高的折叠望远镜猛地弹了回来，刚好撞在你的鼻子上。你立马收拾了一下，蹑手蹑脚地离开了窗户。（如果我不是那么投入，很有可能抬头望过来。）

细节示例 2（《阿达，或激情的快乐：家庭纪事》）

第九章 | 幸福的各种细节

图样1：
了解读者所看到的

一天下午，花园深处的他们正攀爬着那棵光滑的沙特树。穆勒·拉瑞维尔和小路赛特在被枝叶遮挡却又为听力所及的地方玩着格蕾丝圈。他们不时抬头，透过繁茂的枝叶，圈传来传去，却看不清它究竟是穿梭于哪根枝丫。这个季节的第一只鸣蝉不停吹奏着它的乐器。一只银褐色的天巴松鼠蹲伏在花园的长椅后面，捡拾着一个果球。

身着蓝色工作服的凡爬上了一根树杈，刚好位于他那**敏捷玩伴**（她生来就对错综复杂的树木了如指掌）的下面，但还是不能看到她的脸。扣住她脚踝的食指和拇指如一只紧挨着的蝴蝶，显露出他们正在进行的无声交流。她赤裸的小脚滑了一下，两个**气喘吁吁的年轻人不知羞耻地**缠绕在树杈之间，沐浴在果叶之下，然后**彼此深拥**，而就在重获平衡的下一个瞬间，他短发下那张无表情的脸被夹在**她的两腿之间**，同时最后一颗果实砰的一声掉落在地——那是从**一个颠倒的叹号**上掉落的点。她当时戴着他的手表，穿着他的棉外套。

（"记住了吗？"

"嗯，当然。你**吻了我这里，那里面**——"

"然后你开始用那对**邪恶的膝盖**想让我窒息——"

"我是在寻求支撑。"）

一跃坠入了伊甸。一条通往瓦尼亚达魔法森林的绿叶繁茂的走廊。那对兄妹相遇在阿迪斯的乡村庄园，而凡深深迷恋上了书卷气质的阿达，她真是一个非同寻常的妖娆女孩儿：一个自然主义者，常裸着身体，单穿一件棉外套。

第九章 | 幸福的各种细节

图样 2：

把香甜的苹果切成薄片

既然你已经揉过了眼睛，拿起望远镜站好了姿势，那么你也许会看到我从灌木丛后悄悄溜走，又弓着身子轻轻地折回，我的两只眼睛透过纠缠的细枝左顾右看。很是惭愧，我窥见两个孩子在一个夏日的午后爬上了苹果树。我下定决心要在纳博科夫自己的文学图示上增添一笔，于是拿出记事本和一支削尖了的铅笔。我的梗概大致是：A（阿达）高高地待在树上，她的腿大大地张开呈A字形。V（凡）正好坐在她下面，呈V字形伸出手臂。不一会儿，急切的V（凡）抓住了热情的A（阿达），一如他们的创造者（纳博科夫）抓住一只正在嬉戏的蝴蝶。这两个喘着气的年轻人滑倒了。一个箭头向下指着。A掉落在V的头上，他的嘴撞在他妹妹的两腿之间（仅一瞬间，"他的唇边拉出了一根幼虫虫网般的银丝"）。

一个苹果怦然坠地（我的梗概变得如此混乱、如此奇怪……苹果间的树木，树木间的苹果……）。在他们的镜像世界里，我们泛起了泪光。阿达和凡将要经历的不是罪孽，而是最原始的乱伦的欣喜。这是一种对通往至福的渴望。这是一片属于他们自己的，长着很快将被吞食的香甜苹果的"伊甸乐园"，处于你-我-眼前的，除了他们自己别无他物。

第十章

亚利桑那的四月天

(作者发觉了如梦般明亮的美国,读者被授予了独家专访的特权)

在完成《阿达》之后大约十个月，我对纳博科夫进行了采访。尚未午时，阴雨绵绵，我们在他们一家避暑的科莫湖边见了面，然后漫步在一条被繁茂而清香的松林遮蔽的小路，朝着一座面向科莫湖的白色小屋走去。过了一会儿，我试探着再问了一遍——在上个月寄给他的那封简短的亲笔信中，我请求他讲述一些在美国的幸福故事。（"我发现《阿达》的字里行间，"我用笨拙的手写着，"溢满了你在美国获得的幸福。那些在之后混杂进你最爱的俄国北部记忆中的就是这种幸福吗？最终是不是美国让你找到它们的综合体——能用来重塑世界的如梦般明亮的领域？"）

我看见纳博科夫坐在藤条椅上，拿着一本崭新的但丁的《地狱》，这让我格外惊讶。"这可是一本了不起的文学译作，你知道。"他透着一种令人费解的笑容说道，"所有的译作都该如此。"

第十章 | 亚利桑那的四月天

我和纳博科夫于科莫湖。（纽约，伊萨卡，1957年末，©康奈尔大学图书馆及学校档案部的底稿，莉拉·阿扎姆·赞加内拼接）

他靠在椅背上，指着第一章里的某一页。这页讲述的是作者在一条暗得不能通行的小路上邂逅了维吉尔，维吉尔轻声说道："我是一名诗人，我要歌唱……"时间仿佛停滞了，我很紧张，连头都不敢抬一下，只是偷瞄了一眼他放大的瞳孔。最后，我急促地吸了口气，佯装咳嗽，打开我的红色笔记本，颤抖着拿起一支毡尖笔，抬起头来问出了我的第一个问题。

他就在这里，在这湖上的那片微亮雨云下，清风卷过，拨弄着他的"俄罗斯"首字母R，然后毫无察觉地移花接木，让它上升为诸如"美利坚"、"4月"、"亚利桑那"等词的中间字母r。

当你闭眼反思，第一个闪现在你头脑里的美国印象是什么？

[他永远是被问话的一方。他瞥了一眼那张巧妙藏匿于但丁著作里的索引卡，露出了窥入梦境般的眼神。] 是亚利桑那州一

个光影阑珊的清晨出现的一阵痉挛,是加利福尼亚每一个芳香四溢的午后,是内华达州那些被白雪覆盖的小径,是亚拉巴马秋天里那片海蓝色的天空。

在看到美国之前你了解美国吗?

[他静静地把书放下。]在维纳的古老公园里,有一片年代久远、如魔法般泛蓝的沼泽,我母亲在童年时,随着成长逐渐地喜欢把它叫作"美国"。后来,圣彼得堡集市上的一些店主、喜剧演员和说书人会和我以及我的表兄弟们逗着玩,我们就把他们叫作"美国居民",他们还给那些瞪大眼睛望着他们的俄国小孩儿吹嘘土耳其奇观、法国小妖以及类似的一些稀奇古怪的趣闻。

当你于1940年初次赴美时,都做了什么呢?

薇拉、德米特里和我乘出租车前往61街东32号,我的堂姐娜塔莉·纳博科夫就定居在那里。计费表上显示着"90",于是我递给司机一张100元大钞(它是我们在这世上全部的钱了),他却随手还给了我们。事实上,车费只有90美分。这些天,我都被美国文化带给我的最初印象牵引着。(毫无疑问,如果是在俄罗斯,那家伙一分钱都不会找补给外国人。)然而,当我在1943年的春天重游纽约时,我径直跳下车子,把车费扔在了座位上,这才是一位傲慢的浪漫主义英雄该有的作风——我早就想亲自体验一下了。

诺曼底登陆日那天,你在哪里呢?

1944年6月6号之前的一两天,我病得很严重,不得不在医院里接受检查。医院的喧嚷和叮当声快要把我逼疯了。为了让我自己冷静下来，我干脆兴高采烈地浏览了一本医学字典——这被用在我后来写的美国小说的片段里。再后来我逃走了，这多亏了我朋友卡波维奇女士部署的周密计划（那天早上她正好到病房来看我）。我估计我的医生会在我的病历档案里把我标注成一个潜在的精神病人。

虽然你已经搬到了离你儿子更近的瑞士，但是你认为自己是个美国人吗？

或许是一种变体，有如苹果馅饼——我对它从不感冒——我创造了一个更有意思的东西："如亚利桑那州4月那样的美国人。"事实上，无论是私生活还是精神生活，美国都给我一种家的感觉。我认为美国是世界上最具修养的国家之一，我在这里结交了一些真心朋友，这是一种在德国和法国的那些年我从未和当地人建立过的友谊。我还得补充的是，我在美国找到了最好的读者。所以，是这样，我自认是一名美国作家，虽然文章换了产地，但税还是缴给了美国。

作为一名俄国流亡人士，美国对你意味着什么？

在我的自传里，我将复杂的棋谜观点用在了流亡上，随后就发现了有一个貌似简单的方法能够让我避开迂回曲折的道路直入终点：那就是去美国！我不会否认这一点，在我成人之后，我在美国获得的快乐要比在其他任何地方获得的都多。

在美国有没有什么事能让你想起身在俄国的少年时代？

捕捉蝴蝶的时候，像是被卷进了时间的轮回，那些在消失的维纳追捕蝴蝶的场景似乎就要重演一遍。可能是因为美国西北的一些"神奇的自然"地区与俄国北部的大片极地区域有着惊人相似的缘故吧。

你最喜欢哪个州呢？

应该说是"哪几个"吧。亚利桑那、内华达、新墨西哥、加利福尼亚……瞧，我是一个崇拜太阳的人。我在怀俄明州创作了"朗伍德峡谷之歌"，它，连同那些歌谣，至今都是我的最爱之一。

（我看了一眼笔记，开始有意地加快速度。）

几年来，我一直打算告诉你，在一次穿越美国的公路之旅中，那些地区——内华达州的灰泉，加利福尼亚的蓝湖，亚利桑那州的猛犸坑，于我而言——似乎都比从你的《洛丽塔》的棱镜里看到的要"真实"得多。

……《洛丽塔》，它的风景、湖泊和那些有关美国的事物都成了一张张流畅的幻灯片，透过它们，我读到了那些唯有我才能发现的、滋长蔓延的空间。它构建起我自己的美国，为它涂上一层光漆。

梦里的地名千奇百怪……

[他眯着眼，有那么一瞬，那对夹杂着琥珀色和绿色的双眼仿佛眯成了两颗深色的杏仁]我喜欢我想象中的美国地名。埃尔

芬斯通[1]和卡斯比[2]，是两个我最喜欢的名字。这是美国给我的浓缩糖条。

在你完成英语小说《洛丽塔》之后，你的"极易驾驭的俄国母语"还剩下多少呢？

正如我之前写道的那样，《洛丽塔》是对我情事的英语记录。然而，当我试图把《洛丽塔》翻译成俄语时，唉，我感到我伟大的俄国母语已经荒废了，就像北方雪地里一座废弃的凉亭。而我也绝不后悔让自己变成美国人。俄语永远是我喜爱的语言。它是属于我自己的，在语言腔调的王国里，没有什么能比得上它那深沉而顺滑的音调。但英语是一个非常灵活的介质，我可以随心所欲地使用这热乎乎的玻璃捏造出我自己的半透明弹珠。用它写下的散文好似精神错乱，但那被抽离出来的精准却又在我的认知中举世无双。我逐渐相信，从本质上讲，人们应该用英语写作。

美国的什么最让你感到不悦？

［他嘟起了嘴。］美国人在念陌生名字时的发音困难最让我感到头痛，我通常都会竭尽所能地避免发出美式口音：我带着救赎的口吻发出押韵的弗拉-基-米尔；我万无一失地拼读出纳-博科-夫和洛-丽-塔；而对于我的新小说，我通过加入一个能在语音学上配对的副标题来给出我的态度，那就是"阿达，阿尔达"，而非"阿达，艾拉"，艾拉是一种红色的小野猫。

---

1. 埃尔芬斯通（Elphinstone），纳博科夫自创的美国地名。
2. 卡斯比（Kasbeam），纳博科夫自创的美国地名。

你如何看待美国流行文化呢？

除了一些时不时冒出来的糟糕电影和卡通之外，我个人是不会消费流行文化的，我认为它们中的大多数都是用"精美的感官欲望"来冒充真实文化。"精美的感官欲望"原是一个极棒的俄语单词，我用它来描述平庸生活中的陈腐和庸俗之事。那些广告中成套的欢喜情节——兴高采烈的孩子就要吃掉好时公司（Hershey）的巧克力棒，乘客冲着漂亮的空姐微笑，这些拙劣之物摇身一变，成为"结实有力"的文学。然而，我还是把这些素材放进了我的美国小说中。于是《洛丽塔》里充斥着各种光鲜的杂志和艳丽的服装、向消费者承诺幸福的U形梁小屋和冷艳女王、自动点唱机发出的哐噔声、樱桃汽水开瓶时冒出的嘶嘶声。它们合在一起构成了最初的原料，为我的郊区场景添上了小块小块的本地瓦片。

你喜欢美国电影吗？《洛丽塔》里有大量叠加的电影片段和黑色镜头。

我很欣赏美国电影！尤其是黑色电影和喜剧。人们常看见我捧腹大笑，这似乎很有感染力。

为什么你心目中的美国格外明亮？

她是我神奇的调色盘：她峻拔的小山，她无风的天空，她切实稠密的夜色，是如此精准地融入我想象中的地平线。

这个新世界留给你最醒目的记忆是什么？

数不胜数。我的新世界收藏的宝藏无穷无尽。在康奈尔的那些年,我和薇拉车行15万英里横跨北美。她曾经开车(我一向不能驾驭车辆)穿越了一次强风暴,中途我们好像看见了一只独自飞翔的蝴蝶!我仍然记得那方正的蓝色水面和绿色玉米在我们的面前交替呈现,好像一把把疯狂展开的扇子。西瓦德波罗的夏天非常愉快。我光着膀子走在阳光之下。那时我还没有戒烟,一排排肋骨至今还镶嵌在那些褪色的照片中。另一年夏天,在新墨西哥州,我差点就因为在一个农民的树上涂白糖和朗姆酒(这是一种用来吸引可爱飞蛾的可爱行为)而被告上法庭。也就是在那一次旅途中,我在大峡谷国家公园捕捉到了一只轻盈的棕色小美蝶,她是眼蝶的一种,在此之前从未被人发现过。20世纪40年代中期,我在犹他州这个尚未被开发的蝶类天堂度过了一个夏天:身着短裤和网球鞋的我每天都要沿着山边走过十几英里,那捕捉蝴蝶时的兴奋劲和我伏在案头描绘这些生物时的兴奋劲一样生动。20世纪50年代中期,我和薇拉一道去冰川国家公园旅行,当时是住在一个只有一间房的小屋里……这些记忆,勾勒出刻凿着我幸福往事的日晷。

那些日子里,最困扰你的是什么呢?

在纵横穿越美国的那些夏天,我们开车经过了数不尽的山区,在褐色的尘埃里闯荡。德米特里在16岁那年就成为一名登山勇士,总爱急切地载着我们前行。我曾经写信给他,求他可怜可怜我们,不要让我们再受这样的折磨,毕竟老两口加起来已经有120岁了。

你第一次书写美国是在什么时候？

写于 1944 年秋的《时间与浪潮》（Time and Ebb）就发生在一个幻想中的未来美国里。时间是 2024 年——那时飞机被禁止了，呈现出神秘的诗意。像是透过一面后视镜，我故事中的人物回望着在我们这个时代发生的琐事，却只发现它们被笼罩在一道柔和的光里，而这光在飞速旋转的当下避开了他们倦怠的目光。

德米特里，他在征服他自己的美国。（怀俄明州，杰克逊洞，伊斯特里和勒斯菲斯在大梯顿山附近交界处，1952 年 7 月，©德米特里·纳博科夫）

你是什么时候加入美国国籍的呢？

1946 年 7 月 12 号。我和薇拉成了美国公民，并轻松地沉醉于这个过程。俄国的俗套和美国的变通，其间的惊人对比着实震撼了我。

你是否保留了一些有关你自己的美国的照片呢？

我当然有。里德船长的得克萨斯酒店，位于达拉斯和福特沃斯之间的寂静小路，加油站上流光溢彩的霓虹灯——我曾在那儿捉过一些有趣的飞蛾……这只是无数绳索中的两束，它们扬起了"我的美国"的明亮风帆。

你宣称要做和亚利桑那州4月一样的美国人？你真的去过亚利桑那州吗？

是的，我想是在1953年，我和薇拉去了亚利桑那州。在一次晚上散步的时候，我们被一条响尾蛇袭击，所幸我巧妙地把它打死了。在那些刮着暴风雨的午后，我都会坐下来写我的《洛丽塔》。到了晚上，我就把索引卡念给薇拉听，她就干脆把它抄下来。

你也去过新墨西哥州吗？

我记得一个魔法般的清晨，我在圣达菲附近的一片沙漠里捕捉蝴蝶，一匹黑色的母马在昏暗的光线中拉着我跑了一英里。那就是我的美国，开明的美国，我梦寐以求的美国。在这里，生命之光再一次迸射。

自1958年《洛丽塔》出版以来，它对美国产生了什么样的影响呢？

与英法两国相反的是，《洛丽塔》并没有被这个新世界禁止，因此也证明美国与她在欧洲的姊妹国相比不算一个拘谨的国家。但是小小的"洛丽塔"却很快变形成了典型的粗俗化身——宠物的名字，杂志上的美女，乔装打扮的街头儿童。我看到过一个小女孩，她在万圣节选择扮演洛丽塔，她的衣服上系满了蝴蝶结和各种饰物，这让我感到格外困惑。另外，我还想起在《洛丽塔》

里提到的，住在得克萨斯一个镇上的居民，他们打算把他们城市的名字改成杰克逊。

在你到达美国将近20年之后，又于1960年11月重返欧洲，当时你的感受是什么？

我第一次去美国的时候还是一个无人知晓的俄国作家。但在返回的路上，我们乘坐的伊丽莎白女王号邮轮正在展出《洛丽塔》和我第一本被翻译成英语的俄语小说《黑暗中的笑声》[1]（*Laughter in the Dark*）。

你后来被提名为奥斯卡奖候选人。

是的。斯坦利·库布里克[2]和詹姆斯·哈里斯[3]为我的《洛丽塔》剧本做了宣传，他们基于我的原著诗意地衍生出了一些细节，于是它成了好莱坞最好的电影。尽管他们没有照搬我小说中的情节，但我却真被戏剧性地提名了奥斯卡奖。更重要的是：当《洛丽塔》被哈里斯－库布里克电影公司选中的时候，我想起了我在1916年做的一个极富寓意的梦。那一年，我的叔叔瓦西里去世了——我曾从他那里继承了一笔财产，但在集权专制时不见

---

1. 这部小说原名《暗箱》（*Камера обскура*），1932年在巴黎、柏林两地出版；1936年，英译本在伦敦出版；1938年由作者本人做大幅度修改后，更名《黑暗中的笑声》，在纽约出版。
2. 斯坦利·库布里克（Stanley Kubrick, 1928—1999），美国著名电影导演。纳博科夫的《洛丽塔》问世之后，曾多次被搬上大银幕，其中最受好评的就是斯坦利·库布里克1962年的版本。
3. 詹姆斯·哈里斯（James Harris），美国著名电影制片人、编剧。1962年，他和库布里克以150万美元买下了《洛丽塔》的电影版权，这在当时可说是一笔相当可观的数目。

了——在那个梦里,瓦西里叔叔发誓要像哈里和库威尔金一样回来。

你还会回美国去吗?

我和薇拉都渴望回去,若非几年前德米特里在意大利有歌剧活动,我们也许已经在洛杉矶安营扎寨了。我想到了我第一次在洛杉矶参加鸡尾酒舞会时看到的约翰·韦恩[1]的迷人模样。没过多久,我又遇见了非常漂亮的玛丽莲·梦露[2]。但是我对机构性质的好莱坞并没有特别的兴趣,我说话一直都很极端,在晚宴上的表现经常会扫了别人的兴。梦露小姐邀请我和我夫人共进晚餐,我们却没有赴宴。而这些天的我仍然被加利福尼亚那洒满阳光的山谷和那些绝妙的昆虫所吸引。

你的新小说《阿达》怎么样?你的反星,你的兄妹行星,你的美利罗斯(Amerussia)[3],你用它们重塑了美国……

我重塑美国至少不下两次。《洛丽塔》的美国和《阿达》的美国一样,都是想象中的。但是《阿达》的美国不再是《洛丽塔》里一片美丽的青青绿草,而是一个渗入在时间纹理之中,非真实却又光芒四射的美国……你若愿意,我的隐喻便是审美的至福。

---

1. 约翰·韦恩(1907—1979),好莱坞有史以来最伟大的影星之一,美国人心目中的的理想男人的化身:诚实、有个性、英雄主义。代表作《关山飞渡》(*Stagecoach*)。
2. 玛丽莲·梦露(Marilyn Monroe,1926—1962),美国最著名的电影女演员,影迷心中永远的性感女神、性感符号,20世纪流行文化的代表人物。代表作《夜阑人未静》(*Clash By Night*)、《七年之痒》(*The Seven Years Itch*)。
3. Amerussia,作者用美国 America 和俄罗斯 Russia 两词对接而生造的单词。

你想念美国吗?

当然。但在瑞士湛蓝的小山和溪谷之间,我和我夫人幸福地生活着,如同我们一家幸福地生活在美国一样。

第十一章

天然和非天然的幸福

(作者沉湎于自然的魔力,读者决心伴他而去)

在 1961 年搬到蒙特勒宫后，纳博科夫沿着瑞士里维埃拉的小山找到了一片动植物群，这让他非常高兴。他爱到韦尔毕耶、克兰斯顿、萨斯费的高地上去捕捉那些会在草莓灌木或者针叶树枝间蜕变的稀有生物，一去就是几个小时。幸福——如此简单。

当我后知后觉地回过神来，要开始模仿他之前，已经过去了差不多半个世纪。简而言之，我自己也蜕变了，成为一名昆虫学新手（我只能鼓励我自己的读者也这么模仿）。

关于捕捉蝴蝶的一小段经历

纳博科夫对一名来自《体育画报》的记者说道："在我年纪还没这么大的时候，曾吃过一些佛蒙特州的蝴蝶，我想看看它们到底有没有毒。我并没有发现帝王蝶和总督蝶有什么不同。它们的味道都很恶心,可我并没有什么不良反应。它们尝起来像杏仁,或杏仁与新鲜乳酪混合的味道。我用发热的小手一边抓一只,把它们生吃了。明天早上你也和我一起吃几只吧?"尽管纳博科夫很有可能从来就没有在早上吃过蝴蝶,可是他对那转瞬即逝的蝴蝶的确有着疯狂的迷恋。早年时候,他从父亲留给他的蝴蝶中感受到了奇妙的欢愉,他父亲还教会他去辨别它们优雅而隐秘的生活习惯。招展着美丽双翅的黑蛱蝶只在偶数年才能看见,荨麻蛱蝶会紧紧地裹在金色的蝶蛹里,蓝灰蝶的蠋正吞食着蚂蚁的幼虫,大闪蝶的背血管不停跳动。伴随数道相同的波动,这些绝美的昆虫在一片蓝色的尘埃之中一齐涌现出来。

"夏日,soomerki[1]——一个意指'黄昏'的可爱俄语单词。时间:在这个不被看好的世纪里,头一个 10 年中一个昏暗的点。地点:纬度是你所在之赤道以北的 59 度,经度是我写字之手以东的 100 度。"年幼时的纳博科夫曾幻想自己将来会成为一名世界级的昆虫学家,或者,至少是一间规模宏大的鳞翅目昆虫博物馆的馆长。尽管成年后的纳博科夫多数时间都在写小说,可是他经过科学调查发现了至少 4 个新物种和 7 个动物亚种,他为它们命名并且成功地给它们贴上了标签。他发现的最为著名的蝴蝶是纳氏梅丽莎缪丽斯蓝灰蝶,又名卡纳蓝蝴蝶,它生着一对轻盈的翅膀,踏着一路变换的步伐,偶尔看去还会泛起一身天域般的湛蓝。纳博科夫宣称,将要被他定义为新品种的蝴蝶种类很快就能

1.soomerki,俄语 сумерки(黄昏)的读音。

超过他出版过的众多小说的数量。（事实上，他说，于他而言，科学赞赏要比文学评论更有意义。）为了回馈他的探寻，如今已有超过 12 种蓝蝶的名字被赋予了纳博科夫式的发音，例如"洛丽塔斯"、"西林斯"和"亨伯特斯"。（尽管洛丽塔和亨伯特之间——严格来说——相距有 1500 英里。）

当人们想象着纳博科夫在一个唯有昆虫的世界里畅游之时，首先想到的往往会是他正穿着格式服装在考察那片地区……"想象成一个身穿灯笼裤、头戴水手帽的可爱孩子；想象成一个背着法兰绒包、戴着贝雷帽，身材瘦长却见多识广的外国侨民；想象成一个穿着短裤、没戴帽子的微胖老人。"70 多岁的他能徒步走上 5 个小时，有时还会为了等待一只蝴蝶，在它时常出没的地方从早上待到下午 3 点钟。游客和过路的人常盯着他看，不明白他手里的网是用来干什么的，他们以为他要么是（他后来大约是这么写的）西部联盟的通信员，要么就是一个古怪的流浪汉。如此一来，他的俄语小说《天赋》中主人公的经历或许能和纳博科夫自己的经历相互呼应："当我克服窘迫，拿起网径直走过村庄的时候，是听到了多少嘲笑、猜疑和询问啊！'这算不得什么，'我父亲说，'我曾在一座圣山上搜集蝴蝶，你应该看看当时那些中国人的表情，还有一次我在伏尔加河边的小镇上，向一位思想进步的女教师解释我在山沟里所做事情的时候，你可没看见她向我投来的那种目光。'"有一次在美国，纳博科夫被一个胖警察跟踪了几英里，他被怀疑是一个独自在乡间游荡的精神恍惚的老头。而在另一个下午，正全心全意投身于探寻中的纳博科夫一不小心踩到了一头熊，所幸的是它睡得很沉。尽管表面看来，捕蝶

第十一章 | 天然和非天然的幸福

"我的灵魂会穿着短裤,绕道而行。"
(瑞士,泽梅特,1962 年,© 荷尔斯特·塔普)

并没有什么奇妙之处,但关键是,在那片追捕蝴蝶的林间空地里,飞舞着他所追寻的极致幸福,而这幸福感可以如此完美地表达:"在一个随心挑选的风景里,对永恒的最高享受就是站在那些稀有的蝴蝶和它们所进食的植物之间。这就是极大的欢喜,在这极大欢喜的背后,是一些只可意会的东西。像是我所喜爱的一切都被灌入了一瞬短暂的真空。是一种与天地合一的感觉,是对可能的恩人——天命的守护神,或迁就一位幸运凡人的温良鬼魂——的一阵感激。"

探索捕蝶人的特殊幸福

在那个愉快的捕蝶人眼里,自然首先——也是首要——包含在人类自身当中。在初生的德米特里身上那道深蓝色光晕之中，纳博科夫看见了"一个模糊而独特、难以捉摸的东西……它仿佛仍然保留着在远古时期沾染的事物，当中有一片奇妙的森里，林间的鸟儿比老虎还多，果实比荆棘还多，而在那斑驳的丛林深处，人类的意识就此诞生"。一道灵光闪过，纳博科夫突然想到，既然人类的思想诞生于自然界，那理所当然要去回望自然的奇迹。他还坚定不移地相信，自然会把幸福赐予那些细致的观察者以作礼物。这个礼物能够网络最原始的惊喜、幽默和隐约轮廓，无论它们各具何种色彩。也许，他会向你耳语"当心"，当心这只生着棕色腹面的美丽蓝斑蝶，在它的翅膀忽然聚起孔雀斑纹时，小心它那细小的牙齿和外生殖器上的尖刺……

纳博科夫的自然哲学是什么呢？首先——**观察**！对一位园艺家而言，一双青色的翅膀就是整个世界。其次——**命名**！科学家出现了，"要是没有他们，警察就认不出混迹在天使和蝙蝠群中的蝴蝶"。为虫子和蝴蝶取一个合适的名字是享受它们各自内涵的第一步。就亨伯特来说，他在浓厚的愚昧中摸索，而后发现了"一些华丽却俗气的蛾子或蝴蝶"、"爬行的白色苍蝇"和"一只努力要爬上窗户内侧的小虫"。有趣的是，凡对昆虫并不感冒，这和他深深迷恋的妹妹刚好相反。尽管他一直以来都把厌恶留给自己，但在那个烦人的下午，他还是忍不住诅咒了那只引起阿达热情关注的橙色生物（它是"拿波尼度教授"发现的）。那是一只"该死的虫子"，无精打采地趴在一根山杨树桩上。

然而，在纳博科夫的世界里，那些纯粹知识的欢乐只服务于毫无缘由的意图，换句话说——人类所能及的最高意图。"在自然里，我找到了那种寻求于艺术当中的功利以外的快乐。它们都是某种形式的魔法，都是交织着妖术和圈套的游戏。"自然和艺术也许包含着相同程度的人性极乐。躲在这极乐之后的是因自然和艺术的非凡设计而映射出的一种更为久远、更加深不可测的和谐之感。"你会意识到，哪怕危机四伏、步履蹒跚，但生命的内在和谐依然灵动而精细。"

嗒！自然中的艺术！纳博科夫为"拟态"所陶醉，神奇而极富创意的自然变化有时甚至能够超越所谓"自然抉择"的理性规律。一只昆虫为了逃避捕食者而伪装成其他的东西，这一令人敬畏的诡计，这一乔装艺术，已然超越了捕食者的能力所及。自然界中存有无数滑稽的面具。"一只巨型飞蛾的睡相仿若一条蛇正对你上下打量；一只热带尺蠖能够完美地披上一种蝴蝶的颜色，哪怕这一带压根儿没有这个品种……"我非常喜欢纳博科夫对《体育画报》的记者——他稍微向他勾勒出了自己的蝴蝶大纲——讲述的那些话：翅上生着"真假莫辨"的白点，"一只鸟飞来，犹豫了数秒。那是两只虫吗？它们的脑袋在哪儿？哪边是脑袋，哪边是屁股？而就在考虑的空当，蝴蝶飞走了。这短短的片刻拯救了一个个体，也拯救了一个物种"。"拟态，它有一个神奇的字母 C[1]，它模拟一道射穿枯叶的光芒。还不够美妙吗？还不够和谐吗？"

嗒！反之亦然，艺术中的自然！在一则早期的故事中，我联想到一幅荒诞到窒息的景象：一只幼蛾显现出了"柔和而醉人，

---

[1]. "拟态"的英文为 mimicry，也有"模仿"的意思。

几近人类的幸福"。而在另一个故事中,一名德国收藏家渴望去搜寻异域的热带蝴蝶,但就在他要前往西班牙的时候,却因心脏病发作死在了自己的蝴蝶收藏店里。纳博科夫写道,虽然那个收藏家不知道自己已经游历了很远,"很可能他已经游遍格拉纳达、木尔西亚和阿巴拉沁,然后前行到了苏里南或塔普罗班[1],人们深信他的确看遍了所有他渴望看到的奇妙昆虫——"他的想象和"现实"一样猛烈,一样令人心碎的真实。尽管实践证明,要画一幅热带地图非常困难,他"还是费尽艰辛去这么做,否则他可能永远都抓不到巴西大闪蝶了,它们高傲地拍打着翅膀,它们明目张胆地在人们手上投下蔚蓝的影子,却绝不会像非洲蝶群那样相互紧挨,好似高插在黑色淤泥上的无数美丽旗帜,然后每当他的影子逼近,就一跃而上升入云彩"。

嗒,魔杖耀出火星!阿尔达和阿尔伯[2]!艺术和自然创造了相依为命的魔法。而纳博科夫自己,化身异域的神灵,创造了《阿达》里的大多数——也许都是,也许有一两只是例外——蝴蝶。"在一片公墓柏树之间,一只托斯卡纳火冠戴菊[3]和一只锡特卡戴菊的歌唱;在沿海的斜坡上,夏薄荷和加州小薄荷的淡淡芳香;翩翩起舞的一只冬青小灰蝶或一只琉璃灰蝶。"他还自称创造了一种树,不过,读者对此并不真正精通,故而无法辨别。但最最重要的是:这数百页篇章中的"一切美丽既非自然也非艺术能够带来,它存在且只存在于二者结合的时候"。

---

1. 塔普罗班(Taprobane),即今天的斯里兰卡。
2. "阿尔达和阿尔伯",意为激情与树木,与"阿达,阿尔达"对应。
3. 戴菊,学名 Regulus regulus,身体绿白色,头部有鲜黄色的条纹,体长8—11厘米,是世界上最小的鸣禽之一。

自封捕蝶者的纳博科夫

这位自然主义者的幸福鼓舞了我,我开始了亲自的尝试。

说实话,我是在一个大城市里长大的,我们一家几乎没有去过农村。小时候,我与奶牛最亲密的接触都是坐在时速100英里的车子上用眼神完成。我在远处把这种动物想象成一个奶瓶的样子,外面覆着一层黑白相间的不规则花纹,羞怯地盖住了它粉红色的乳袋。我被这只在乡村客栈外的田野里撞上的灰色大家伙弄得有些困惑,那时我还处于荒唐的17岁。不用说,我对动物毫无兴趣,更别说昆虫了。总之,我有洁癖。天蛾和毛毛虫是我所认为的最讨厌的东西。膜翅目昆虫(hymenopteroid,下文中我们还会遇到)也很讨厌。

但当我为了获得纳博科夫的至福而前去捕捉的时候,我止不住要去近距离地观察:不仅仅是蛾子和蝴蝶,还有花朵和树木。在一个飘着雨的午后,我在一座小山上看到了野生芦笋上尖尖的刺毛,看到了桑树叶脉上的纹理,闻到了雨后酸橙的刺鼻味道……在连续数个小时里,我仔细翻阅那些堆叠如山的卷帙,很快就因一阵无法抵挡的热情购买了《花卉园艺大全:种植美丽的一年生植物、多年生植物、鳞茎植物和玫瑰的指南》《北美林木:地域识别指南》的最新修订版,还有《南美蝴蝶百科》的第一卷。我坦白,我也曾偷偷购买过一本《蝴蝶终结者手册》。我翻阅着,涂写着,努力去记住大多数的名字——后来我才意识到,这么做是本末倒置。

直到最后,我再也忍不住了,我决心亲自去体会自然带来的悸动。于是，我迅速搜罗起了装备。首先，我去商店买了张新手必备的蝶网。接着，我又买了一双米黄色的胶底运动鞋和一条迷彩短裤，一顶草帽和一件白色棉T恤。我把一本手册和一个用来装盛"猎物"的创可贴盒子一并塞入了帆布包。出门之后，我拿着捕蝶网跑进了一座风景秀丽的国家公园。那是一座公园吗？（显然不是！）这简直就是一座天堂般的果园！公园的南端，一只栖息于金钟柏上的斑点鸟正站在枝头翩翩起舞。我左看右看，看到了金盏菊、苋菜和桑林。我小心翼翼地朝南面的瀑布走去，赤杨和酸橙树发出轻柔悦耳的沙沙声向我问好。曼德拉草和童话蜡烛铺满道路的两侧，一旁的茉莉灌木上挤满了金莺、蟋蟀和鹦鹉。哦，还有蛇。那么你想见到的蝴蝶呢？我凑到瀑布跟前，随即就看见蓝斑蝶和白粉蝶正在羽扇豆、吊兰和草木樨之间玩耍嬉戏。（如飘飞的树叶！）豆粉蝶在山杨树上挥舞着翅膀，弄蝶在黄色的番红花枝头逗留。（又一次，如飘飞的树叶！）美洲灰蝶颤动的双翼，赤蛱蝶闪现的身影，孔雀蝶绝美的外形，混在一起，相映生辉。与此同时，虎凤蝶争先恐后地炫耀着自己华丽的模样，和春兰蝶、帝王蝶以及耀眼的蛱蝶一道，舞动在瀑布飞沫之上。

我感到一阵兴奋，急切地想要融入这自然赠予的慷慨喜悦里。我放下背包，脱掉鞋袜，赤脚跑了过去，跳跃在紫色的天芥菜和浆果丛之间，我的背上不时滑过纯净的阳光和菱形的阴影。终于，我捕捉到了第一只属于我的带翼美人，我熟练地翻动手腕，捕蝶网罩住了它。我奔向背包，把这个小家伙从网里取了出来。接着就该杀它了！我按住它的腹部，像手册里描述的那样快速挤压。奇怪的是，我压偏了四分之一英寸，反而弄碎了它胶质的翅根。接下来，不到几分钟时间，我就把这小东西标标准准地压在了我那本小册子的菜粉蝶面画上（这可都是我独立完成的）。啊，这极致的幸福！其实，我网了很久才把它抓住，而后它就毫发无损地安静趴伏在创可贴盒子里。

我撒了个小谎。

离我最近的自然之极乐其实是用文字画出的蝴蝶。它们飞翔在《阿达》的字里行间，而在《天赋》中更甚。自然与艺术联手施展的幻术是一门我能读懂的语言。在我一次又一次外出探寻之时，我知道它是唯一容易激起情感和记忆的语言。在《天赋》里，费奥多尔想起了身为探险家和昆虫学家的父亲的指教："他告诉我蝴蝶的气味——麝香味和香草味，告诉我蝴蝶的声音，告诉我马来天蛾的巨大幼虫会发出尖锐的叫声……告诉我巴西森林里的狡猾蝴蝶会模仿当地鸟类呼啸而过的声音。还告诉我不可思议的乔装艺术。"借此他讲起了他的故事："无数的粉蝶纷飞……飞向远方，夜黑之时落在树上，为树撒上一层白霜，直至翌日清晨——振翅离开，继续各自的旅程——往何处去？因何缘由？这是自然尚未说完，恐怕就要被遗忘的故事……它疯狂地扇动双翼，不像你我所见过的任何生物，这只看不透的白色蝴蝶正在寻觅一片干燥的林间空地，它在列施诺的冷杉林上下盘旋。而到了夏末，在荆棘和紫菀上，可以看到它可爱的粉色后代。'最震慑人心的是，'父亲还说，'当寒风初至，我察觉一个相反的现象：为了过冬，蝶群加速南飞，但在触及温暖之前，它们就重归自然了。'"

这让我在想象的同时，更加渴望起那段未曾讲完的故事和那片遥远的森林，梦想着能在自己奇想之旅的幻灯片里望见它们的身影。

第十二章

读者的幸福历险记

（作者撤离前线，读者奋然上阵）

赐我一位创造性的读者；
这则故事便是为他而作。

你即将读到的是《魔法师》的第十二章。悠悠然地，你在头下垫了两个枕头，把自己裹进被子，然后关掉了电视。你打了个滚，调整一下床头的台灯，让光线刚好打在你的书页上。
你估计今晚用不上那本《牛津字典》，索性将它推到了床头柜上最远的一端。你揉了揉眼睛，大张着嘴打了个哈欠，心想反正也没人看见。而转瞬之间，在这一片死寂的夜色里，你发现自己正螺旋坠入一个耳蜗状的深渊。你埋头望去，看到那金光闪闪的薄雾后面有一个洞口，随着一圈一圈的疯狂下坠，耳蜗也一点一点地消失在头顶。你迫切地希望能够看清薄雾之后的东西，于是开始加速。忽然间，你的脖子伸到不能再长，你的身体缩到不能再小，你的腿变得如此之长，长到你感觉不到脚的存在，接着，你"嗖"的一声掉进那个洞里。

经过一段漫长而可怕的下坠，你张开四肢掉落在了一片落叶松林里。一阵眩晕之后,你缓缓地站起身来,拍掉睡衣上的尘土,左顾右盼。你发现就在左边约两码的位置,有一张红色的棋盘和三个木制的路牌,其上是白色粉笔的潦草字迹,标出了各自通往的目的地:渡渡鸟巢穴、蒲公英之家、德蒙魔窟。一条小溪流向第三个路牌标注的方向,一只铜色小灰蝶正用细长的鼻子在逆流中蘸水,这一幕出现在如此清风徐徐的春天里多少有些不合时宜。等你靠近的时候,铜色小灰蝶已经飞走了。没过一会儿,那只颤动的昆虫就消失在你的视线之外,取而代之的竟是你自己的反影,它直勾勾地把你瞪着。你被你自己的表情吓了一跳,猛地向后一跃,百思不得其解。

你曾在一本史书中读到,着魔的行者前往德蒙魔窟,就再也没有回来。此外,从古至今,"那些帝王、君主、牧师、教徒、市侩、政客、警察、信使,以及那些一本正经的人们"都曾警告说德蒙魔窟是一个危险区域,缺乏经验的旅行者会在那里产生严重的幻觉。据说,德蒙魔窟位于那最高山峰的背后,在一片风沙飞扬的土地上,其间居住着白色的猛禽和长斑纹的昆虫……你多少有些犹豫,但仍说服自己,一如伟大的薇薇安·达克布鲁姆当年说过的那样:"最纯粹的好奇就是永不屈服。"在一阵因恐惧而引发的战栗之后,你踏上了第三条路。

很快,你走到了落叶松林的边缘,然后缓缓淌过一湾暗淡的湖泊,穿过长着零星松树的荒地。在继续前行几步之后,你突然来到了一个狭窄的山口。因一路跋涉,你的呼吸变得急促,脸颊也有些发热。在这清晨的空气中,你试着哼起了儿歌:

曾于小溪上漂流而下——

> 曾于微微金光中徘徊——
> 生命啊,说不是梦又是什么?

大约又过了几个小时,你偶然发现一块向上指着的崭新路牌:它是一名未知的梦想家刻下的。这次只有一个标志,所以你心平气和地往前走去。路程比你预料的要远,当你就要在一颗卵石上坐下时,忽然看见了一本书,它似乎是被某个游客落在了这里。你稍稍震了一下,寻思着那人是不是一直都没有回去,因为那本书——纳博科夫的《阿达,或激情的快乐:家庭纪事》——仍然静躺在那儿,毫无被人动过的痕迹。你唰的一声把书打开,直接翻到书的最后几页(这是一个让你暗自脸红的坏习惯),然后偷偷地瞥了一眼:

> 阿迪斯的礼堂——阿迪斯的激情和林木——这是《阿达》贯穿的主题。这部内容丰富、令人喜爱的编年史中的大多数场景都上演在如梦般愉悦的美国——是因为我们儿时的记忆无法媲美那艘搭载着瓦恩兰的三桅船,那艘被梦里的白鸟包围得不痛不痒的三桅船?

尽管你自以为不会这么做,但还是会很快地浏览到最底下的那一段:

> 在凡与阿达旷日持久的情事中,他余下的故事被直接而多彩地呈现出来。但是,这些情事在阿达下嫁给亚利桑那州的牛倌之后就中断了,而正是那个养牛人的伟

大祖先发现了我们的国家。在她丈夫死后,这对恋人又将再次结合。

你感到些许困惑。你再次打开书本,翻到第一页,查阅着用来引导读者阅读这本家庭纪事的家谱。与书本同名的阿达嫁给了住在瓦恩兰的安德烈(一个牛倌)。你挠了挠颈背,再次把书翻到最后。"如梦般愉悦"……你很喜欢这句表述,心里已经打算在某个合适的场合使用一遍,而且得把它小心地化作自己的表达。事实上,你喜欢这一整句话,你喜欢组成这个句子的单词所带给你的仿若甜言蜜语的感觉。你能够感觉到它正从你的身上滤过,如同一艘三桅船滑过青蓝色的水面。尽管如此,细想起来却又弄不清楚它究竟意味着什么。"是因为我们儿时的记忆无法媲美那艘搭载着瓦恩兰的三桅船,那艘被梦里的白鸟包围得不痛不痒的三桅船?"你似乎被激怒了,却又越来越感到好奇。"搭载着,"("搭载,搭载过,搭载着,")俄瑞阿德[1]女神向你轻声耳语。"三桅船"倒是一下就能想起,小学课本上有关于这种帅气船只的插画,其上的桅杆挂满了风帆,哥伦布[2]就是乘着它前往新大陆的。至于"瓦恩兰",你可以从它的首字母"v"猜出它是栽种葡萄的土。但你仍迫切地希望能有一本字典可供查阅……于是你环顾四周,期盼着看见一个躺在草地上的人;至少得找到一本书,里面讲述的规则能帮你理解那些晦涩的句子。突然之间,你坚信自

---

1. 俄瑞阿德(Oread),山岳女神,她的名字有"阅读"的意思。
2. 克里斯托弗·哥伦布(Cristoforo Colombo,1451—1506),意大利航海家,地理大发现的先驱者。一生从事航海活动,先后4次横渡大西洋,首次登上美洲大陆,开创了在新大陆开发和殖民的新纪元,由此改变了世界历史的进程。

己看见了一只恶魔式的小家伙正傲慢地盯着你,它蜷缩在多刺的灌木丛后,身上绕着一层绿色的光晕,头发火红火红的就像一只狐狸。她发出一阵美人鱼般的笑声,你还没来得及深吸一口气,她就一溜烟跑进了风里,只剩下身后那飘于风中的轻柔裙摆。不一会儿,你发现灌木丛边多了一本崭新的《牛津字典》(你很清楚,它之前肯定不在那儿)。在那大开本书皮上,清清楚楚地写着大大的"请读我"。你虽然多少有些疑问,但还是慢慢地伸出双手,迅速翻阅起来,直到最终找到"瓦恩兰":"一种特别适合种植葡萄的土壤。"那么,什么又是一只"搭载着瓦恩兰的三桅船"呢?是一艘栽着葡萄的三桅船?是一片承载着三桅船的葡萄园?还是一艘用葡萄藤建造的三桅船?一头雾水的你又查了查"三桅船":"航海术语。几种小巧轻快的航船之一,尤指在 15 世纪和 16 世纪期间,西班牙人和葡萄牙人使用的带着三根桅杆、斜挂三张大三角帆的船只。"你就是你啊,"三角帆"又使你不解,因此你又查了查字典:"一种三角形的、放在船头或船尾的船帆,尤其使用于地中海区域。"

当下的你深陷于一个和航海有关的梦境,你只能沿着暗礁来回踱步。而就在转瞬之间,你几乎是清晰地看见一个精灵的身影向林木线飘去。接着,它出其不意地打了你一下。你回想起了第一次乘飞机时的情景(现在仿佛相隔了几个世纪)。那时机长用单调乏味的声音说:"飞机降落之后,请乘客们等待信号发出,再解开您的安全带。"空运的,空运的,葡萄园(瓦恩兰)运输的……难道这仅仅是说通往葡萄园吗?哪儿的葡萄园呢?在那被群鸟环绕的三桅船上,有什么童年记忆是指向葡萄园的呢?你再次查阅了"瓦恩兰",这次你注意到了第一次查阅时被忽略的另

第十二章 | 读者的幸福历险记

一个定义:"瓦恩兰(字母V大写),一座位于南新泽西州的城市。"我们的三桅船能够漂洋过海,毫发无损地从西班牙到达南新泽西州吗?幸亏在你字典的厚重页码里还夹有一张美洲路线图(若是在平日,你多半是看不懂的;但当下的你却好似天生就能读懂一样)。你将其取出,借着午后的光线审视起来,道道阳光灼烧着地图上或红或黄的弯曲线条。终于,你找到了瓦恩兰,它刚好位于新泽西海岸线的西部,至少相隔30至50英里。有那么一两分钟,你苦思冥想着瓦恩兰是否是因为它的三桅船仓库而出名,但接下来你放弃了这种想法,然后(颇不情愿地)承认自己走到了一个死角。死马当成活马医,你抱着这样的念头,从睡衣口袋里掏出一本破旧的《北美实地考察旅行手册》,然后快速浏览着它的索引……你从下看到上又从上看到下,如此反复之后,你看到了远景宫、加州葡萄园、瓦恩兰和**加拿大**!你翻回正文,同时自豪地发出"哈"的一声!一阵诡异的回声荡漾在悬崖峭壁之间:"传说千年之前,一位古老的维京人——幸运儿列夫——在格陵兰岛的西部发现了一片舒适而温暖的肥沃大地。他把它叫作葡萄地。本着维京海盗的冒险和探索精神,你能从这个名字中体会到它在远古时代的自然光彩和宁静,那时的葡萄地充满了温暖的气息,充满了现代沿海地区的好客之情。"葡萄地,葡萄地……葡萄地人的"伟大祖先发现了我们的国家"!你站起身来,绕着身旁的巨大卵石欢呼。"我们儿时的记忆无法与之媲美",那正轻快地驶向新大陆的白色大三角帆船,它就像逐渐成形的、事关未来的、年轻而薄弱的梦想。

你鼓起勇气,继续走向那紫色的巅峰。哪怕是在远处,你都能清晰地看见它。太阳正在升起,给远处的平原披上了一层深红色的面纱。来不及喘一口气,来不及静观四周,你在卵石上拿起的书本已从你的指尖滑落,它落到地上,自顾自地翻开,停在和之前一样如梦般愉快的一页(之前你肯定使劲地压过那一页)。你将它拾起,借着渐弱的光线读了出来:"来不及喘一口气,来不及静观四周,作者的神奇魔毯已把我们带入这样的情境……"你并不惊讶。你知道这样的事情将会发生,或者,你希望它会发生。你的书本将你无礼地拖入了梦境。你又翻回了第一页。

第十三章

幸福的咯吱声

(作者写下才华横溢的文字,读者一口气把它们全部吞下)

这里有使人心旷神怡的文字，它们闪着微光，如通透夜空里的繁星。这遥远的燃烧天球发出冷冷的光芒，紧抓住人们的视线。这里有来回穿梭的微亮，像抄着启蒙奥义的手稿上的一层金灰。虽然在某些时候，它们似乎并未崭露头角——纯粹的文字，它们互相懒得搭理——而一旦你打起了盹儿，它们多半会三五成群，在你的视野里发出夺目的辉光。还有可能，一些别的文字会跌跌撞撞地冲到你眼前，用自己的音调来嘲笑你，而我会踏着笨拙的步子挨个将它们跨过。

天青色的网栅

"极尽美好、疯狂、费劲之能的我只剩疲软的双腿和天青色的网栅。"（《洛丽塔》）

暴露于小脑表面的滑稽青筋。

"请读我"

至福

"我发现这个世界既没有体现奋斗,也没有体现概率事件的食人规律,却体现了闪耀的至福,仁慈的悸惧,这是恩赐于我们的礼物,而我们却不懂得赏识。"(《仁慈》,出自《短篇小说集》)

是一连串清晰的影像嗖嗖飞过。也是眺望黑暗星云缓慢升入明亮苍穹时的兴奋。

耳蜗

"有那么一会儿,他躺倒在黑色的沙发床上,但这似乎只让牵挂越演越烈。他打算从耳蜗那儿回到楼上。"(《阿达》)

一种童话似的楼梯,悄然潜入了第十二章。

独色

"在我初见塔玛拉时——给她起一个与真实的她有着相同独色的名字——她才15岁,而我稍大一岁。地点是一片崎岖却秀丽的乡野(黑杉、白桦、泥炭沼、草场和荒地),位于圣彼得堡偏南。"(《说吧,记忆》)

一组混合了两种语言的拉丁系形容词。"Tamara et Lyussya puellae concolorae erant.Catamounti, cougari, pantheri et pumae felini concolori sunt."[1]

蜃楼

"小镇是新建起来的,要么就翻新过,它身下的平整地面位于7000英尺高的山谷;我想它很快就能让洛厌烦,这样我们就能绕去加利福尼亚,去墨西哥边境,去传说中的港湾、仙人掌的沙漠、美丽的蜃楼。"(《洛丽塔》)

把海市蜃楼与飘逸的女法师融为一体。正午之时,人们会在海精灵的歌唱中听见爱——颂歌与十四行诗的真爱,诱人的自省和激情的纪事——是诞生在一个被赐福的清晨,当时有一群古怪的骑士策马扬鞭,飞奔向远方的壕沟、塔楼和咯吱作响的大门。而一旦他们听见一位女士如笛声般幽柔清澈的声音,那么……(若想得知该故事的各种不同结果,请翻回第五章。)

豹纹蝶

---

[1]. 这句话的大意是,塔玛拉和露西亚的名字有着相互辉映的颜色,就像在不同语系中,山猫(Catamount)、美洲豹(pantheri)、美洲狮(cougari),和美洲豹(pumae)、山猫(felini)一样,它们的读音相似得恰到好处。

"而我正咀嚼着的草茎的滋味里混杂着布谷鸟的鸣叫和豹纹蝶的飞舞。"(《说吧,记忆》)

一种棕色的蝴蝶——来自迷人的蛱蝶家族——前翅上生有黑色的斑点,后翅下长着银色的斑点。在通感的幻境里,纷飞的豹纹蝶摩擦出了火花,幻想得以振翅飞翔,愿它们的联手能将西蓍草和舞动的翅膀统统冻结。

黄昏

"一盏雪花石膏底的大油灯正驶入黄昏。它温和地摇曳、渐弱;而今记忆之手,戴着步兵的白色手套,将它放在了一张圆桌的正中。"(《说吧,记忆》)

一个单词抑或一只生物正静静地悬浮于昏暗之间。日落前一秒,生着黯淡双翼的水青蛾正欲在一棵胡桃树上安营扎寨。

天国烟云

"一抹极纤细的云沫张开了怀抱,朝一旁略微厚重的那朵靠去,而后者又依附在另一片更为凝重,如天国烟云般的云海里。"(《洛丽塔》)

它大口吞食着火烧云。同时,在鱼肚白云朵的下面,那布满天青色网栅的夜晚正泛滥着幸福。

膜翅目昆虫

"想想一只(蚁舟蛾)幼虫杂耍般的技艺吧:幼小的它看似

一点鸟粪，但在完成蜕变且获得巴洛克[1]式的形态之后，这非同寻常的小朋友得以同时扮演两个角色。"（《说吧，记忆》）

膜翅目昆虫，这个单词的发音深奥而微妙，即便它讲述的是忙于蜕变（包括蝴蝶）的恶心生物。易被刺破或穿透。在精致的宴会讨论中，如果使用猝不及防来叙述一次在亚热带度假不幸遭遇的附加伤害的话，将会留下一个持久的印象。

极北之地

"它同时还是个极寒之冬，如同在遥远俄国那萧条的极北之地，一位年轻女士能想象多少冰雪，那一年就有多少冰雪。"（《说吧，记忆》）

北俄罗斯那覆盖着冰河的阴沉深冬，因一位乘火车到达圣彼得堡的法国女教师而变得传奇浪漫。在俄国母亲的理想化疆域里，极北之人，好似立于北风之巅，飘荡在湛蓝冰河上的幽魂。

KZSPYGV

"在我个人的语言里，有个词用来指代彩虹，一道最本初却又一身泥泞的彩虹，它有着艰难的发音：kzspygv。"（《说吧，记忆》）

一个流光溢彩的象形文字。若要一口气说完："越橘-k"，"雷雨云-z"，"碧空和珠母云-s"，"青苹果-p"，"亮金色-y"，

---

1. 巴洛克，本意是指那种不规则的、怪异的珍珠，后用来指称产生于16世纪下半期的一种华丽、炫耀的艺术风格，它打破了文艺复兴时期的理性的宁静和谐，非常强调艺术家的想象力，奔放热烈，具有明显的宗教特色和浓郁的享乐主义、浪漫主义色彩。

"极富弹性 -g","玫瑰石英 -v"——这就是 kzspygv。

柔光闪耀

"除了潜伏在小姐房间那盏枝形吊灯上的一记光亮之外,我一无所有。依我们家庭医生(索科洛夫医生,我向你致敬!)的意思,她的房门永远都是半开着的。门缝那道柔光闪耀的垂线(孩子的泪水能够幻化成这种光彩夺目的怜悯的射线)是某种我得以触及的东西,因为在绝对的黑暗里我的脑袋会晕眩,我的意识会融入死亡挣扎的荒诞中。"(《说吧,记忆》)

很快,你将在一扇无人知晓的房门背后一瞥这道 L 形的光线。

沃地

"当我直直地盯向一座肾形花坛(且注意到一片躺在那沃地上的粉色花瓣和一只正在探索它那腐坏边缘的蚂蚁),或思索着一棵桦树树干上出现的棕褐部分是不是因为被一帮流氓撕掉了它那薄如纸片的花白树皮时,我真的相信……"(《说吧,记忆》)

以诗意作肥料。再听听那位天才诗人的诗文吧:"薄暮之下,我穿游在 / 肥沃之地的茶色海洋。"

少女之地

"我的洛丽塔……有着少女之地果园的气息;尴尬而神秘,隐隐的欲念,她衬衣偏下方的扣子就这么敞着。"(《洛丽塔》)

在一棵生长于亨伯特之地的苹果树顶端,能够用望远镜望见的极乐之地。

眼睑

"一个带色的斑点,一道残影的戳刺,灯光和它们一道,转而刺伤了夜的眼睑。"(《说吧,记忆》)

和闭眼之后的黑暗世界是同一个意思。在你拿着书本入睡之前,慵懒铺开的黑色荧屏。

孪生精灵

"德蒙的感觉肯定被乱伦(无论这词意味着什么)的怪异快感影响……他以一种难以启齿却引人入胜的方式去调情,去享受,而后微妙地抽离并亵渎这既是他妻子又是他情人的胴体。这是一双孪生精灵水乳交融、光彩透亮的魔咒;一对耀世独立却又两两成双的蓝晶宝石;一场押韵于皮肉之上的狂欢盛宴。"(《阿达,或激情的快乐:家庭纪事》)

波斯神话中的诱人精灵。从天堂——或一扇以绿松石镶边的镜子——坠入凡间的美女,一只女恶魔。(翻回第二章可以找到提示)。

潺潺

"当她的动人语言潺潺流出。"(《说吧,记忆》)

升降起伏有如一条法语溪流。"Désirez-vous une tartine au miel?"[1](嘴唇要呈一个小 O 的形状。)

玫瑰石英

---

1. 法文,意为"想来一片粘了蜂蜜的面包吗?"

"我今天终于用马尔兹和保罗的《色彩词典》把 v 和'玫瑰石英'完美配对。"(《说吧,记忆》)

大法师沃德梅尔(同时也暗指第八章中的"康奈尔的沃德梅尔")的卧梦庄园的颜色。在他的玫瑰石英阁楼里,沃德梅尔存放着一本巨大的字典,其中囊括了大量专供他自己使用的奇怪公式。然而,在一个 8 月下旬的炽热下午,沃德梅尔最终还是召来了他那多事的徒弟,然后指向那架一路通往屋顶的水晶楼梯。这个无须重锤的徒弟迅速跑上楼梯,他鸡蛋状的脑袋撞在玫瑰石英的天花板上,发出沉闷的声响。在一个貌似很远的地方,沃德梅尔正大呼小叫地驱使着什么。徒弟没有注意这渐行渐远的呼声,已经拿起了书本急切地浏览起来。但就在他刚刚辨别出他的第一个定义之时,视野中竟然出现了他自己——仿佛在看一部米拉麦克斯公司的电影——在一个遥远的年代,他在一片生满乱石的平原上,朝着全副武装、策马飞驰的鞑靼人疯了似的狂奔而去⋯⋯

半月刀

"那张精美书桌的奢侈真皮上除了一把弧形的裁纸刀外别无他物,这是一把用猛犸的牙齿雕琢而来的真资格的半月刀。"(《说吧,记忆》)

人们也许会把这优雅的弯刀认作是纳博科·穆萨最偏爱的武器。这把紧握在纳博科手里的猛犸之刃是用来嘲弄那些入侵鞑靼之地的日耳曼胖子的。(你可以折回第八章看一看。)

伎俩

"那些完美的陌生人展示的有关他的趣事似乎与阴暗的伎俩

和不可估量的危险共存（多么美妙的词汇，伎俩——洞穴里的宝藏）。"（《尼古拉·果戈理》）

关于其他洞穴里隐秘宝藏的战略性召唤：熊狸——一种大型猫科动物；琥珀——一只被封印在晶体里的蜜蜂；菌胶团——一段关在笼里的愉快体验。

甜美的爱情

"他有着动人的仪态和甜美的脾气，写得一手让人难以忘怀的好字，却同时有着蓬乱的头发和胡须（他的模样我只在疯子寄给我的信里见过，哎，自备受庇佑的1958年起，我就陆陆续续地收到这些信件），也为各种淫秽故事（他以一种似梦非梦、温柔如天鹅绒一般的声音向我倾诉甜美的爱情，丝毫未用任何粗俗的表达）提供了无数的素材。"（《说吧，记忆》）

一朵从中世纪名言中精选而来的宁静玫瑰（通常把重音留在句末）："甜美的爱情，是狡猾的诗人编织的一张网／是潜藏在十四行诗里的诱人的精灵。"

伞形植物

"1906年6月的那只凤蝶依旧是路边一株伞形植物上的幼虫。"（《说吧，记忆》）

一种肉质植物。或者是一种深邃的联想：伞鸟、茶色的伞形花序、伞形花序里的小伞、天卫二的本影[1]、雨伞水母。

---

1. 天卫二、本影与伞形植物的英文分别为 Umbriel、Umbra、Umbellifer。

小舌

"我明白,痴狂的小仙女能升扬起万物的体温——甚至超越致命的临界。我检查了她的小舌,这是她身体的精髓之一。若非看见它已经通红,我真想给她一小口暖好的调味果酒,两片阿司匹林,然后一吻去烧。"(《洛丽塔》)

在这撩人的对称中,V形红宝石乔装成了它的A形同胞。

第十四章

镜中的幸福

（作者登高远眺，读者悄然一瞥）

这个悲观主义者，如同所有悲观主义者
是个荒唐又不羁之人……

他似要吐露一个秘密，那"万物的绝对本质"，我想象着纳博科夫站在他的诵经台后，慢慢地张嘴，舌头在深红色的口腔里颤动。"我所知的比我能用言语表达的更多，而我所能表达的那点本不应被表达，更多的我就不知道了。"

在他的言语背后，在他的散文之下（手上拿着捕虫网，悄悄地踮起脚尖），人们发现了他的秘密。那是他幸福的蓝图。

它开始于观察，终结于一次创造性的疯狂。我猜想，当我们的作者在描述那狂人的时候，其实是放大了他自身的嗜好——"他时常感到，景色的每一处细节，或静物的每一次移动，都是一串复杂的编码，影射出他自己的存在。如此一来，整个宇宙不过是用各种表象在谈论他的故事。"生命全然是一个表象的迷宫，斑驳的光点草草画出那些尚不为人知的图案。

纳博科夫的故事里充满了一连串相同的画面、孪生的梦境、重复的事件。它们伪装成魔法般的房间号码，不断后退的镜子画廊，或者新发现的蝴蝶（若要列举的话，它将扩展成一个极其曲折的句子）。"在一个指定的领域中，一些逻辑规则应该有着固定的巧合次数，一旦超过的话就是真正的巧合，然后——相反——形成一个适用新事实的体系。"凡沉思着，仿佛是在回应位于遥远时间角落的亨伯特，后者在他自己的故事里记录了"那些令逻辑学家们厌烦却又让诗人们深爱的眼花缭乱的巧合"。

这是诗人的劝告："睁开你自己的眼睛去审视，直至看见！"直至那眼花缭乱的巧合如白昼般清晰明亮，揭开一个新事实——一幅状景、一抹意义的微光——的内幕。对观察者而言，这些纳博科夫式的图样似有一种魔法，带来"冥世"的预言，极致的美丽，以及源自这无尽极乐的和谐。"我无法用语言来表达我的所知——"。在他的小说真谛里，在那惊艳之光里，隐藏着一道终极信念，它那微麻的感觉浮于我们之上，潜于我们之下，穿透我们，包围我们。

"不是真相，而是真谛……不是无理之肤浅，而是意义之罗网，"在《微暗的火》里，诗人说："是的！我若能在有生之年找到某种名实之间的链接，找到游戏中相互关联的图样就已足够。"

于是，我们恍然大悟，原来诗歌的织物正是我们生活的织物。

> 这个悲观主义者,如同所有悲观主义者
> 是个荒唐又不羁之人……

观察,不停地观察;将意识拾起。然后尝试去记录并重建它的元素。纳博科夫式小说带给我们的礼物就是:唤起它关心的人,捕捉生命飞逝的光子。

这些年,在对这些元素发疯似的重建中,我获得了极大的快乐——正如纳博科夫曾让埃德蒙·威尔逊[1]在天蛾飞舞的夜晚边喝朗姆酒边分栽树苗一样——我禁不住要说:"来吧,伙计,这可是世上最崇高的运动。"

有时,创造正如记忆和关联,我用重组将其再造。据纳博科夫故事的真实元素,我想象了一些其他的故事,一些全新的开始。而当某种形式的含义——很可能半真半假(却更为贴切)——出现之时,快乐就会如期而至。

这是一种和谐融洽的感觉。我不会让我的迷念为你带来厌倦。正如在《洛丽塔》的末尾,亨勃特称赞他那辆"梦之蓝"的汽车一样("嗨,梅尔莫斯〔Melmoth〕[2],多谢了,老伙计。"),我只会反复而隐秘地赞美纳博科夫。蝴蝶,这些橙色、棕色和蓝

---

1. 埃德蒙·威尔逊(Edmund Wilson,1895—1972),20世纪美国著名评论家,曾任美国《名利场》(*Vanity Fair*)和《新共和》(*New Republic*)杂志编辑、《纽约客》(*The New Yorker*)评论主笔。他的文学批评对美国文学批评传统的确立以及欧美一些现代主义作家经典地位的确立影响甚大。
2. Melmoth,可以直译为蜂蜜飞蛾。

色的昆虫，不可避免地闯入了我的视野，在各式各样的东西（桑树丛、保温瓶和比基尼）边缘发出了光芒。数字23（4月23日是纳博科夫和莎士比亚的生日）出现在每一个地方，账单上、日期上、时针、分针以及航班号（2304号航班，巴黎飞往日内瓦；拿着蓝色蝴蝶钉的仆人静待航班的到来），生命闪闪发光的拨号盘将这数字随意拨出。那棵没有为第十一章找到的新创树木，却在夜里随手翻开的《阿达》中与我偶然邂逅。我想，那树该是"西里哈姆雪松"吧？我曾考虑把这本书的最后一部分命名为"千层光影（On one thousand shades of light）"，但当我走出来房间，朝橱窗一眼瞥去，竟看到一本破旧的书，名为《千道光》（*One Thousand Lights*）。而在我阅读纳博科夫的那幅弗拉·安吉利科的赝品时——第八章中有提到——我才意识到，在我纽约的书桌上还放着该书的三个不同版本，它们上面都印着同一位跪地的天使。而这几个月来，我第一次转换电视频道所听到的第二个词就是纳博科夫（还是在有线新闻！）。我还读到一本书，它介绍了一种长约6英尺、生着"狐狸般绒毛"的毛毛虫（它让我不断想到路赛特那绿色和铜色的阴影），就在此后一两天，我发现了一只小而丑陋的虫子，它长着杂乱的绿色绒毛，在我的浴缸内侧慵懒地爬着……我亦步亦趋地、近乎荒诞地开始了想象——是的，想象到的不过只是——我的生命因"一种如此的反复，一种如此主题的'声音'"而增色不少，而"依和谐之下的一切定律，它们让命运丰富了观察家的生命"。

接着就遇见了德米特里，我们相见于2003年的冬天。在接下来的几年，有一次我前往蒙特勒拜访他时，听到了一盘噼里啪啦的磁带,那是他在《鲍里斯·戈杜诺夫》[1]上的低音表演。我听说过他一生中最疯狂的故事:他前往怀俄明州和不列颠哥伦比亚登山,他在麦德林和米兰唱歌表演,参加赛车和划船比赛。纳博科夫传记留下的缺口,似乎都是欢喜。而此后,在生命的最后几十年里,德米特里狂热翻译起了父亲的作品,从俄语到英语和意大利语。

我曾听他说起,《洛丽塔》的翻译非常困难,还有一个记者逗趣地说他是"洛丽托",因为他是《洛丽塔》的创造者唯一的儿子。下流的女人总是对他父亲的生活持有更为下流的猜想。接连几个小时,我都泡在他的图书馆里。我看见了一些之前从未见过的别具一格的封面,看见了他父亲的匈牙利语版、土耳其语版和阿拉伯语版的小说,看见了一排排存档的文件,还看见了纳博科夫祖父母在俄国的照片。我仔细审视着纳博科夫和薇拉拍摄于20世纪60年代的照片,当时他们的眼里还闪烁着棕褐色的光芒。我尤其记得的是,在一个冬天的晚上,我在一个窄小的书架前一站就是几个小时,浏览着纳博科夫收藏的两本书:《麦克白》,一本关于西方油画历史的书,另一本则是法国浪漫主义诗歌。我看到页眉处有他的手写评注:"真棒";"错了!!!"默默地,我心里滋生出一种荒谬的错觉,仿佛是和德米特里一道穿越了生命的流线,我感到一阵惊讶,因为只差400英里就能与他的父亲相遇。这真是一种可笑的感觉。我望着德米特里透彻的蓝色双眼,

---

1.《鲍里斯·戈杜诺夫》,M.P.穆索尔斯基(Mussorgsky Modest Petrovich, 1839—1881)根据普希金的同名历史剧创作的4幕歌剧,被公认为是俄罗斯民族乐派的经典作品。穆索尔斯基,俄国作曲家,主张音乐必须反映现实,表现人民的精神面貌,其作品具有鲜明的民族性和独创性。

第十四章 | 镜中的幸福

听着他细碎的嗓音。人们能在录音中听到——且能清楚地听出纳博科夫父子发那轻柔的白俄罗斯"t's"音时的发音方式——这声音和他父亲的声音是如此相似。这让我回忆起那个年轻的侨民，在生命"最为平凡的欣喜和毫无意义的冒险"中找到的"兴奋和着迷"。总之，我高兴极了。

数月之后，那年春天，我站在纽约的一间阴暗橱窗旁躲避呼啸的亚热带风暴，偶然之间听到我右边一对俄国夫妇的轻快对话。由于我曾历经数年提高俄语水平（尤其是 ahla 和 ili 的流音），所以借着努力还是能够听懂他们的意思。我的目光慢慢移向他们的脸庞，突然注意到在我身后的橱窗里放着一只翼如红钻、大得出奇的蝴蝶（我私下想着，这奇丑的蝴蝶呀！）。接着，我转身对着街道，透过湿润睫毛的缝隙望向那绿色的路牌，它的上面用细长的白色纽约字体写着：德米特里路。我微微一笑，安静地消失在了雨幕里。

这个悲观主义者，如同所有悲观主义者
是个荒唐又不羁之人……

在某些日子里，我们不顾一切地要让符号向我们致敬，要它们哪怕只暗示出一点点我们所希望它们说出的话。也许，我们该对那些从未被我们爱过的已逝之人虔诚地赔罪，就像凡期待着一个符号，"一个清晰明了且足以裁决一切的符号，续存于时间面

纱之后、超越于天地血肉之外的符号"。但显然没有回应，没有飘来的花瓣，没有飞来的虫子。

然而，通常情况下，只要我们敢于想象，符号很快就会飘摇着越过黑暗。我们可以立即洞穿它们变化无常的意义，把它们读入之前我们从远处看到的织物里。

他们低声耳语，说出一连串的字句，仿佛一门听力所不及的神秘语言。"我们哪里都不去，"纳博科夫如此断言，"我们就待在家里，围绕我们的另一个世界从来都不是朝圣之旅的终点。在我们尘世的房子里，镜子取代了玻璃；在注定的那一刻到来之前，门一向都是关着；但空气却从门窗的缝隙中流入。"一缕飕飕的风声，一阵令人窒息的曲调，一首被遗忘的歌诡异地熟悉起来。而就在那"了无生气的黑暗"里，显现出了"生命的生疏，生命魔法的生疏，好像生命的某一个角落在顷刻间被反转了过来"，这让我们得以窥见"它不同寻常的流线"。或像《天赋》的叙述者那样，感受到"所有这些随性的想法，也像其他事一样——春日的粗陋衣裳的缝隙，空气的褶裥饰边，相互纠缠的粗糙而迷乱的声音——不过是一件华丽织物的反面"。

文学，只关乎闪亮的真谛。"'冰花板'或'天板石'，我觉得有一天整个生活也会是这般模样，"[1]《天赋》中的费奥多尔如此写道。兴许，这狂乱的文字艺术掩盖了天机，在那"星光圣域"里，死亡不过是在永恒当下里上扬的一角。

---

[1] 这一段出自纳博科夫的《天赋》，"冰花板"和"天板石"原文为"iceling"和"inglice"，两个词本无意义，实为对"天花板"（ceiling）字母的重组。纳博科夫用这种形式上的手段来说明纯粹的文学本来就是非理性的。

拂晓将至。清醒了一宿。梦已然不再，因为它"肯定不在梦里，只有在清清醒醒的时候，在充满愉悦和成就的瞬间，在意识最伟岸的高地，凡人才能够从桅杆、从过去、从城堡的塔楼眺望到他原本不可见之状景。尽管雾霭沉沉，但仍有一丝莫名的喜悦，因为他望向了正确的方向"。

现在，请想象这光的足迹。

清清醒醒
(瑞士,蒙特勒,1966年9月,
菲利普·哈斯曼,©菲利普·哈斯曼/马格农)

第十五章

幸福的微粒

（作者发现千层光影，读者与他再次邂逅）

光（名词）：网罗现世奇迹的媒介。

3月初的一个早晨，我透过一层斑驳的光网望向波光粼粼的水面。在我醒来之时，威尼斯百叶窗的窗页已在对床[1]旁边慵懒地裂开了两英尺。尖冰在清晨的阳光下绚烂地融化，我看着融化后的水滴在窗页外面滴落，阳光射入这晶莹剔透的精华。我拉起百叶窗，欣赏着日光下的植被之海，自从上一个姗姗来迟的夏天的最后几日起，这还是我头一次看见这样的景象。头上的天空形成了一个光辉的青绿色空间，降温后的凉意为春天迎来了第一次灿烂的悸动。一种事关光明的独特欣慰油然而生。我跑步下楼，在冰冷却阳光斑驳的地板上赤脚跑着，合上双眼滑落在一个清澈的梦里。在它柔和的表面之下，我感受到欲望和决心的红太阳像活生生的光圈一样燃烧着。而在我睁眼之时，有些东西似乎

---

1. 宾馆中一个房间里的两张单人床。

在眨眼之间被改变了。它可能是笼罩周围群山的明亮面纱，抑或是那座建在公园大门附近的小房子背后的青绿微光，还可能是从仓库照射过来的绚烂光线。

不到几秒，天色暗了下来，白杨摇曳在满是灰尘的光里。一只画眉鸟用颤抖的声音歌唱着，海豹皮似的猩红天空震慑着最后一道耀眼的余光。我蹑手蹑脚地向大门走去，几道华丽的光芒在远处冲我挥手，而我被它们深深地迷住了。索性，我在那暗如星尘的苍穹下迈步踏过了草坪。转瞬之间夏天来临。那晚月光普照，亮得像一首光彩斑斓的波斯语诗歌。

蛾虫飞绕的廊灯里散发出一阵暖雾。一只孤独的流萤围着一块石板打转。萤火虫忽闪忽闪就不见了，好似花园里金色的鬼魂抑或消逝的幻想。华丽的玻璃在流转的夜色里闪闪发光，让大门看上去离它越来越远。透过一道滑稽光线的把戏，前方的道路忽隐忽现，草坪上的路石也洋溢起了光芒。有那么一刻，仿佛是有人故意撒下了一把魔法般的电石，一路通往仓库的大门。门上的玻璃窗流转着迷醉的光彩。接着，光不见了。

我靠近他，他正在鞋盒上的一张白纸上工整地写着什么。我看到一盏孤独的灯突然散发出了光辉。他的脚边是一盏翡翠台灯。在那个光辉的舞台上，他正戴着眼镜上下打量着我，正是透过这副眼镜，他曾看到过绿得透明的葡萄。他神秘地笑了笑（那是疯狂而明媚的秋波吗？）："啊，你在这儿啊，我一直在等你，还以为你不会来了。"他的苍白在闪耀，他的黑暗在干燥的光明中熠熠生辉。我张了张嘴，却没有说话，然后目瞪口呆地望向流动在他下垂的眼睑之间的那抹柔和、温润的光彩。"没事，孩子，既然来了，就坐下吧。"他用画家似的眼神盯着我赤裸的脚，说：

"你真小啊。你想要什么呢？"我的眼睛瞪得圆圆的，活像一对水晶球，然后慢慢地吐出三个字："我的书……""好的，我知道了。""我是想问……"我开始了询问，唇齿之间吐出不可见的泡沫，它们又构成了无声的形状。一对微光，一个完美的L，从仓库大门的下面滑过。那是"一个光亮通透的字母。这座光彩照人的通天之塔，**以幸福……**"他的声音渐弱，然后完全消失，而我猜想我听到了最后两个字："**为名！**"

一头雾水，我走了出来，黎巴嫩蓝色的天空惹人倦怠。透过散射的光层，我似乎看见远处有位手握翡翠台灯的人影，暗自朝地平线的方向走去，仿佛就要消融在这清晨的空气中，如同一盏煤油灯上淡紫色的光轮。一只发光的小甲虫快速爬过我的脚踝。在这般天域之下，我席地而坐，静享这清澈的黎明，观察一个全新早晨的斑驳阳光和淡淡柠檬色的光线。我凝视着一片片清新而平坦的林间空地。转而白驹过隙，沧海桑田。而我曾在一道纯意识的微光里，聆听过那些暗自欢喜的颜色。

引用来源

几乎所有关于纳博科夫生活事实的资料都取自布莱恩·博伊德[1]写下的两卷传记：著名的《弗拉基米尔·纳博科夫：俄国时期》和《弗拉基米尔·纳博科夫：美国时期》。引文摘自纳博科夫的各个长篇和短篇小说（详见引文索引）、自传《说吧，记忆》、诗选《诗和存在的问题》[2]、随笔《尼古拉·果戈理》以及他的日记。偶尔，我也引用了以下作品中的一些文字，它们分别是：《固执己

---

1. 布赖恩·博伊德（Brian Boyd），新西兰奥克兰大学英语系教授，纳博科夫研究权威。《弗拉基米尔·纳博科夫：俄国时期》（*Vladimir Nabokov: The Russian Years*）和《弗拉基米尔·纳博科夫：美国时期》（*Vladimir Nabokov: The American Years*）为其代表作。
2.《诗和存在的问题》（*Poems and Problems*），或译作《诗与棋题》，出版于1971年，纳博科夫的一部诗集，包含39首俄文诗、14首英文诗、18则棋题。

见》[1]《书信集》[2]《文学演讲录》[3]《纳博科夫与威尔逊通信集》[4]、德米特里·纳博科夫的《重访父亲的房间》[5],以及斯泰西·希夫[6]的《薇拉:弗拉基米尔·纳博科夫的夫人》。一如纳博科夫曾经写下的那样:"结论,是我自己的。"

1.《固执己见》(Strong Opinions),或译为《独抒己见》,出版于1973年,纳博科夫的一部综合性文集,包括访问、评论、论文、书信。
2.《书信集》(Selected Letters),出版于1971年,比较集中地再现了纳博科夫的心路历程。
3.《文学演讲录》(Lectures on Literature),纳博科夫的文学课程讲稿。1940年,纳博科夫被迫离乡背井,流亡欧美。在美国期间,他开始英文写作,并辗转于几所大学讲授英、俄、法、德四国名著。这些为授课而撰写的讲稿极富真知灼见,充分表达了纳博科夫独到的艺术观察与见解,是彰显其严谨逻辑与艺术气息的一部佳作。
4.纳博科夫于20世纪40年代由欧洲初到美国时人地两生,经人介绍认识了大名鼎鼎的批评家威尔逊。这位批评家对他照顾备至,到处张罗为他找地方发表文章,找大学教书,彼此交往甚密。此后二十多年间,二人成了莫逆之交,他们的友谊成为文坛佳话。作为大批评家,威胸襟较广,能欣赏不同性质的作品;纳是大小说家,但趣味很窄,心胸也不宽,常常自以为是。当纳博科夫声誉日隆之后,两人间渐渐地像刺猬一样不能亲近了,终于相互讥讽,直到反目成仇为止。《纳博科夫与威尔逊通信集》(Nabokov—Wilson Letters),是他们的友谊的见证,其间不乏真知灼见。
5.《重访父亲的房间》(On Revisiting Father's Room),德米特里撰写的一部回忆录。通过笔下栩栩如生的故事和场景,他告诉我们:"我父亲正一步一步地,和他景仰的普希金、乔伊斯这两位作家并肩携手,迈入历代伟人的神殿,莎士比亚等待着他们。我常常觉得,自己是为此付出过绵薄之力的。"
6.斯泰西·希夫(Stacy Schiff),《纽约时报》专栏作家,古根海姆基金(Guggenheim Foundation)和美国国家人文基金(National Endowment for the Humanities)得主。《薇拉:弗拉基米尔·纳博科夫的夫人》(Vera[Mrs.Vladimir Nabokov])获得了2000年度普利策传记奖。

鸣 谢

我要感谢德米特里·纳博科夫，他对我非常友好，给予了我巨大的支持；感谢编辑阿兰·撒尼尔诺·马森（Alane Salierno Mason）和阿列克西斯·克尔斯邦（Alexis Kirschbaum），他们对工作一丝不苟，且充满了激情；还有奥利菲尔·科恩（Olivier Cohen），他慷慨地为我指明了道路。

同时，我还要对碧扬·萨菲利（Bijan）致以由衷的感谢，是他告诉了我那些在蒙特勒停于他肩头的蝴蝶的涵义；弗兰克斯·格雷特（Francoise Grellet），教导我英语的特别之处；朱迪斯·克里斯（Judith Crist），第一位激发我写作的人；安德鲁斯·盖斯特（Andreas Guest），搜集了《阿达》里的所有幸福；以及雅库塔·阿里卡瓦维克（Jakuta Alikavazovic），他带来了一个纳博科夫式的下午。

布莱恩·博伊德，拉里萨·麦克法克尔（Larissa MacFarquhar），汤米·卡森（Tommy Karshan），妮娜·克鲁谢瓦（Nina Khrushcheva），吉姆·汉克斯（Jim Hanks），耶斯·里奇塔斯顿（Jesse Lichtenstein），李·比萨尔（Leah Pisar），托帕斯·绿之页（Topaz Page-Green），皮尔·德马尔蒂（Pierre Demarty），拉瓦·阿泽雷多·达·席尔维拉（Rava Azeredo da Silveira），珍-路易·简纳尔（Jean-Louis Jeannelle），玛丽罗尔·吉尔弗雷（Marie-Laure Geoffray），朱莉·佩尼（Julie Peghini），贾斯丁·郎多（Justine Landau），你们的慷慨大方是我未曾想到，也未敢期待过的，我会永远珍惜你们给我的宝贵意见。

附 录
我总想逼自己去做一些让自己束手无策的事情
威廉·思奇德尔斯基（William Skidelsky）

"Boring（单调、乏味、无聊）"和"Delicious（美味、可口、怡人）"是莉娜·阿扎姆·赞加内的口头禅。她在谈话中多次提到这两个词。对她而言，很明显的是，这两个词的意思恰好相反，拥有极为独特的含义。"Boring"是她对一切散发着所谓正统、严肃之恶臭的事物的统称，是一种温文尔雅的强调。她于两三年前在纽约出席的一场学院派会议就是如此"Boring"。同样"Boring"的还有她所接受的巴黎式精英教育——死记硬背地学习、任何问题都指向一个预先设定好的理论体系。

"Delicious"的意思与之相反——对僵硬刻板的抛弃。它代表着自发的主动性、自由的思想，而不是照本宣科。最重要的是，她用这个词去形容她阅读她的英雄——弗拉基米尔·纳博科夫时的体验,而迄今为止,她自己的文学生涯也因纳博科夫的作品而演变成了一场声势浩大的朝拜。

34岁的赞加内刚刚出版了她的首部著作,对一位俄国流亡作家进行了极反常规,甚至有些荒诞的研究(很难说"研究"一词是否准确)。《魔法师:纳博科夫与幸福》可以说是一本无法形容的著作,它不类似于我认知范围里的任何事物。虽然它包含了回忆录、传记和评论的元素,但更为准确的形容应该是:本书是基于这名热情读者对纳博科夫的体验,用善意的玩笑和半写实小说式的精美片段交糅而成。书中并无线性的叙事,也无持久的论证。让它层层深入的,是零散的插叙和拼接的碎片。

每一章都是从一个全新的角度对核心主题——纳博科夫的幸福观——的致辞。于是,受詹姆斯·乔伊斯的著作《尤利西斯》的激发,便有了第十章"亚利桑那的四月天",它详细记录了赞加内和纳博科夫在一次想象中的访谈之后的完整对话录。她告诉我们,这发生于科莫湖畔,在他"完成《阿达》之后大约10个月"(此时离她的出生差不多还有10年)。而第十三章"幸福的咯吱声",则是囊括那些光彩夺目的纳氏词汇的纲要,她将它们一一解读:"耳蜗","膜翅目","柔光","小舌"。其他章节略显常规:对其生平概况和著作的简述,对著名段落的评论。与此同时,还记录了她与纳博科夫儿子德米特里——在写作本书的时候,赞加内与他交往甚密——之间的交流。就形式而言,这部著作有插画,有照片,有特立独行的版面。

正如赞加内自己承认的那样,该书的写作风格很大程度上要归功于这位大师本人。例如这一句:"那些莫名其妙的字母终于构成了词汇,于我眼中也渐渐闪现出了灵光,但紧接着却出现了第二个障碍——可恶的语段结构。"

这么做充满了风险——它很可能会沦为尴尬的模仿。当你为自己安排如此一个任务，要让自己栖身于一个最伟大的语言世界之中的时候，它的影响所带来的急切渴望更是上升了几个等级。然而《魔法师》一书，以一种微妙而光明的方式，成就了一部在讲述纳氏趣闻的同时仍忠实于自身艺术灵魂的著作。

和赞加内急切地想要指出的一样，这本书的意识深处并无某类特定的听众：它既写给虔诚的信徒，又写给文学的新人。她很骄傲地告诉我，她的一位模特朋友坚持读完了草稿，"然后她说：'我是看完了五六个章节才相信这家伙是个真人。'但你想不到的是，她还真拿了这本书。就在上一个夏天，她甚至还把《阿达》读了一遍。"而另一位朋友则说出了她对本书的简称："ULO[1]——不明文学体。"

赞加内对纳博科夫的沉迷要回溯到童年时代，当时，她的母亲将他的自传《说吧，记忆》的译文念给她听。她的父母是伊朗的流亡者——他们一家在1979年伊斯兰革命的时候逃到了巴黎，那时的赞加内只有两岁。对她的母亲而言，阅读纳博科夫对那遥远的俄国童年的记录，是一种联结她自己在"另外一个世界"的童年的方式。

由此，赞加内的家庭教育里弥漫着纳博科夫的重要感，但她是一直到了20多岁，在入学哈佛、精通英语且再一次背井离乡之后，才开始亲自阅读他的小说。她缓慢地品读，斟酌着每一个句子——仅《阿达》一书就耗时四个多月——但这取得了革

1.Unidentified Literary Object，取自 Unidentified Flying Object，UFO 不明飞行物。

命性的效果。"当荧幕上的男女坠入爱河时，会说：'I feel I've arrived'，这与《洛丽塔》带来的感觉如出一辙。上帝啊，这就是家，这就是我，没有比这更好的了。"

对纳博科夫的爱让赞加内想要写点关于他的东西。不出意外，有着学院派背景（在去哈佛之前，她曾就读于巴黎高等师范学校）的她，首先想到的就是要写一点"严肃的东西"。"但我转念一想，纳博科夫最讨厌教条式的书籍。'大家听着，纳博科夫是一位幸福的作家，下面由我为你们带来一场严肃而周密的演讲。'这句话绝对无聊到死，你如何说得出口？"同时，阅读纳博科夫批评家的言论让她的写作延期不少。她说他们满脑子都是纳氏作品中的道德问题。"但真正的重点在于，他的作品原本就超脱于道德国度之外，已经超越了善恶。他在《洛丽塔》的后记中说，这里不受道德的牵绊，这是与读者的华美对弈。"

于是，她对本书的构思变得更加开放。"很明显，我想让每一章都变得与众不同。就是在这一点上，法式教育刚好相悖。我所做的每一件事都是真正逐步搭建起来的。如今是我有生以来第一次拥有一张白纸，而我想让每一个章节都尽可能的活泼而愉快。"

关于《魔法师》有一件值得注意的事情，那就是赞加内用了一种极为隐晦的方式去介绍她的家庭背景。她一语带过，暗示她的家庭从"一个被锁在后退的玻璃球里的年代"里驱逐出来，但却并没有提及伊朗这个名字。这是经过推敲的。美国的出版商向她施压，要求她写一本更为商业化的图书，当中重点描绘她的伊朗传统，并强调她和纳博科夫在身世上的对应关系（都是流亡人士；都用非母语进行写作）——但如此一部作品，赞加内不屑地

附 录 | 我总想逼自己去做一些让自己束手无策的事情

莉娜·阿扎姆·赞加内:"当荧幕上的男女坠入爱河时,会说:'I feel I've arrived(我觉得我已经到位了)',这与《洛丽塔》带来的感觉如出一辙。"

——马丁·戈德温/摄

说,绝对是在"媚俗"。她不愿写一本"虚伪的自传"。后来,她终于找到了一个理解她心愿的代理商,最终达成了交易。

赞加内,她本人就扮演着指导自己写作的严肃与活泼的融合体。她轻而易举地对伟大作家和思想家的话语加以引用:雨果[1]、穆齐尔[2]、尼采[3]。她时常涉及她所说的那些语言(我数了数

---

1. 维克多·雨果(Victor Hugo,1802—1885),法国文学史上卓越的资产阶级民主作家,19世纪前期积极浪漫主义文学运动的代表人物,被誉为"法兰西的莎士比亚"。代表作有《巴黎圣母院》(Notre-Dame de Paris)、《悲惨世界》(Les Misérables)。
2. 罗伯特·穆齐尔(Robert Musil,1880—1942),奥地利作家,代表作为《没有个性的人》(Der Mann ohne Eigenschaften)。
3. 弗里德里希·威廉·尼采(Friedrich Wilhelm Nietzsche,1844—1900),德国著名哲学家,西方现代哲学的开创者,诗人,散文家。代表作《悲剧的诞生》(Die Geburt der Tragödie)、《查拉图斯特拉如是说》(Also Sprach Zarathustra)。

有 5 种,但实际的可能更多)。但她并不会令人感到敬畏,她同样有淘气的一面。尽管魅力四射,但她仍流露出一丝腼腆的气息,也许,这就是做过一个"书呆子中的书呆子"——她如此评说自己在严肃的巴黎学校的日子——所遗留下来的传统吧。所谓人如其文,她的言语风格同样难以捉摸——她让自己一步步地接近她的答案,却并不总是走到那里——总而言之,所有词汇都在自由地流转,呈现出来总是趣味无穷。

这本纳博科夫的图书已然世所罕见,赞加内还告诉我她正着手创作一部新的长篇小说。它横跨 14 个世纪,开始于 8 世纪的法国,结束于 21 世纪的纽约,主人公是一位既是男人又是女人的骑士,"它叫作《奥兰多狂想》,是对爱的本质的探索。弗吉尼亚·伍尔夫[1]笔下的奥兰多无疑是漫长队伍中的一个;在她之前还有很多个奥兰多,最初的那位是一名中世纪的骑士,它化身罗兰,出现在法国史诗'武功歌'[2]中。"我说,这听上去真是野心勃勃啊,一定相当精彩。"很可能毫无商业色彩,"她补充了一句,而后笑了出来,"但我总想逼自己去做一些让自己束手

---

1. 弗吉尼亚·伍尔夫(Virginia Woolf,1882—1941),英国女作家,20 世纪现代主义与女性主义先锋,其代表作之一《奥兰多》(Orlando)的故事始于 16 世纪伊丽莎白时代,终于 1928 年伍尔夫搁笔之时,历时 400 年。奥兰多先是一位天真无邪的贵族美少年,因偶遇一位俄罗斯公主而坠入情网,结果是失恋亦失宠;后因一场大火而变为女子,遂离开官场,混迹于吉普赛人之间。奥兰多从小迷恋文学和诗歌,却被小有名气的诗人格林戏弄。到故事结尾,奥兰多已是 20 世纪的获奖诗人。可以这样说,《奥兰多》是一部最恣肆、最快意、最离奇、最具冲击力的作品,时间上延续了近四个世纪,空间上跨越了欧亚两洲,主人公的性别和身份屡次变化而生命延绵不绝,不啻一首奇崛怪诞的狂想曲。
2. 武功歌(Chansons de geste),11 世纪至 14 世纪流行于法国的一种数千行乃至数万行的长篇故事诗,通常用十音节诗句写成。以颂扬封建统治阶级的武功勋业为主要题材。代表作是《罗兰之歌》(Chanson de Roland)。

无策的事情。"

威廉·思奇德尔斯基,英国《观察家报》(*Observer*)图书编辑。曾担任过《展望》(*Prospect*)和《新政治家》(*New Statesman*)的编辑,还是《美食伦敦》(*Gourmet London*)的作者。